蒙塔巴诺警长探案系列

蒙塔巴诺警长探案系列

◎ 水的形状

◎ 偷零食的贼

◎ 悲伤的小提琴

◎ 丁达利之旅

◎ 夜的味道

◎ 变色海岸线

◎ 蜘蛛的耐心

◎ 纸月亮

◎ 八月炙热

◎ 天蛾之翼

◎ 沙子跑道

◎ 陶工之地

蒙塔巴诺警长探案系列

变色海岸线

[意]安德烈亚·卡米莱里 著

张 莉 译

IL GIRO DI BOA

Andrea Camilleri

新华出版社

图书在版编目（CIP）数据

变色海岸线 / (意) 安德烈亚·卡米莱里著；张莉译.
-- 北京：新华出版社, 2017.12（蒙塔巴诺警长探案系列）
ISBN 978-7-5166-3781-4

Ⅰ.①变…　Ⅱ.①安…　②张…　Ⅲ.①长篇小说－意大利－现代
Ⅳ.①I546.45

中国版本图书馆CIP数据核字（2017）第318012号

著作权合同登记号：01-2016-2578

Il giro di boa by Andrea Camilleri
Copyright © 2003 by Sellerio Editore, Palermo
Simplified Chinese edition copyright © 2018 by Xinhua Publishing House
All Rights Reserved
本书中文简体字专有出版权属新华出版社

变色海岸线

［意］安德烈亚·卡米莱里　著　　张　莉　译

选题策划： 黄绪国		**责任印制：** 廖成华	
责任编辑： 王金英		**封面设计：** 李尘工作室	

出版发行： 新华出版社
地　　址： 北京石景山区京原路8号　　**邮　　编：** 100040
网　　址： http://www.xinhuapub.com
经　　销： 新华书店、新华出版社天猫旗舰店、京东旗舰店及各大网店
购书热线： 010-63077122　　**中国新闻书店购书热线：** 010-63072012

照　　排： 臻美书装
印　　刷： 三河市君旺印务有限公司

成品尺寸： 130mm×185mm　1/32
印　　张： 7.25　　　　　　　**字　　数：** 150千字
版　　次： 2018年1月第一版　　**印　　次：** 2018年1月第一次印刷

书　　号： ISBN 978-7-5166-3781-4
定　　价： 36.00元

1

充满恶臭和背叛的夜晚。蒙塔巴诺在床上痛得打滚，辗转反侧，迷迷糊糊地眯了一分钟就又突然惊坐起来，而后又躺下。这不是因为他昨晚大快朵颐，吃了太多的水煮小章鱼和沙丁鱼。不，昨晚他连吃晚饭的心情都没有。昨晚，他的胃绞着劲，痛得厉害，一片菜叶都咽不下。自从他在国家电视台的晚间新闻上看到那条消息之后，心情就开始变得阴郁，胃痛也开始了。真是屋漏偏逢连夜雨，溺水偏逢石头砸。后一句是西西里谚语，意思是厄运不断，要把人击垮了。更何况，他已经在狂风暴雨的海面上挣扎漂泊了好几个月，常常感到自己已经快溺死了。那条消息就像一块巨石重重砸向他，砸向他的脑袋，使他万分沮丧，所剩无几的精力几乎要耗尽。

女主播不带一丝感情地做着报道，内容是警方在热那亚举办八国集团（G8）会议期间突击检查迪亚兹学校，而当地公诉机关表示，学校内发现的两枚燃烧弹是警方为证明行动合理性而故意放置的。女主播继续说，这一发现源于另外一件事。行动期间，一名警察声称自己被两名反全球化人士故意刺伤，随后发现他是在撒谎。他制服上的裂口是自己撕破的——只是为了警示人们这所学校的学生有多恐怖。如今真相浮出水面，当时这些年轻人正在学校里酣睡。听到这则新闻后，蒙塔巴诺在扶手椅中瘫坐良久，他已无法思考，羞愤无比，身体一直在颤抖，连外套都浸湿了。电话响了一次又一次，他甚至没有力气起身去接电话。在政府的严密监视下，媒体依然在这则报道中透露了蛛丝马迹。蒙塔巴诺细想片刻便明白了：热那亚警方正在进行一场非法行动，一次蓄谋已久的冷酷仇杀，捏造虚假证据，以收压制之效。这使他想起了当年法西斯或谢尔巴主政时期的故事。

接着，他理了理思绪，决定去睡觉。他刚起身，电话又响了，真烦人。他条件反射地接起了电话。是利维娅打来的。

"萨尔沃！天啊，打了这么多通电话都没人接！真让人担心！你听不到电话响吗？"

"我听到了，只是不想接。我不知道是你打来的。"

"你刚才在干什么？"

"没干什么。在琢磨我刚看到的新闻。"

"你是指热那亚的那则新闻？"

"嗯。"

"哦。我也看到了，"她顿了一下，"我多希望现在能陪着你啊。我明天搭飞机去你那里怎么样？我们平心静气地谈谈。你觉得呢？"

"利维娅，现在没什么可说的了。这几个月我们已经沟通过很多次了。这回我是认真的。我已经决定了。"

"决定什么？"

"我要辞职。明天我就去找博内蒂·阿德里奇局长提交辞呈。我相信他会乐意的。"

利维娅一时没了回应，蒙塔巴诺还以为电话断线了。

"喂，利维娅？你还在吗？"

"嗯，我在。我觉得你就这样辞职是一个巨大的错误。"

"怎样辞职？"

"你只是因为生气失望。你觉得像是被最信任的人背叛了，所以才想要脱下警服。"

"利维娅，不是我觉得，我就是被背叛了。我现在不是在跟你谈感受。我一向忠于职守，清白廉洁，有诺必行。就是因为这样，我才受人尊敬。这一直是支撑我的信念，你能理解吗？可现在我厌倦了，我觉得一切都很恶心。"

"别这么激动，"利维娅的声音有些颤抖。

但蒙塔巴诺没听到她的话。他听到一些奇怪的声音，像是从身体里发出的，仿佛怒火要沸腾了。他继续说道："我从没作过伪证！即使是面对最残忍的罪犯！一次都没有！如果我这样做过，我就跟他们没什么两样了。看到了吧，警察这个职业真脏！你明白发生什么了吗？利维娅？现在突袭学校、作伪证的是一帮愚蠢、暴力的臭条子！处长、副处长、检察官、警长，还道德楷模呢！"

这时候，他才意识到奇怪的声音是利维娅在电话那头啜泣。他做了个深呼吸。

"利维娅？"

"嗯？"

"我爱你。晚安。"

他挂了电话，上床睡觉。充满背叛感的漫漫长夜开始了。

※

事实上，蒙塔巴诺萎靡不振已经有一段日子了——自从他在电视上看到首相那副样子开始。首相在热那亚的窄街上来回散步、整理花盆、指挥居民们把晾晒出来的内衣移到阳台和窗台上，而内政部长采取了一系列安全措施——这不仅是为了保证八国首脑会议的安全，更是为了应对可能即将爆发的内战。他下令在一些街道入口处竖起铁栅栏、焊死下水道出入口、封闭国境、关闭部分火车站台、建立海上巡逻队，甚至还架起了一组导弹。戒备的意味太明显了，简直像是挑衅，蒙塔巴诺想。接下来，事情就发生了：一名游行示威者被杀，这是意料之中的。但或许最糟糕的是，在一些警察看来，最好的办法是向最和平的示威游行队伍发射催泪弹，而对最暴力的所谓"黑恶组织"置之不理，任其肆意妄为。紧接着就发生了迪亚兹学校突袭丑闻，与其说这是警方的一次行动，不如说是他们滥用权力，仅仅是为了发泄压抑已久的报复欲。

※

G8会议结束后第三天，论战在意大利风起云涌。这天，蒙塔巴诺上班迟到了。他把车停下，刚下车就看到两个油漆匠正在把警局外面的一面墙刷白。

"啊，头儿，头儿！"看到他进来，坎塔雷拉喊道。"他们昨晚给我们写了很多下流话！"

蒙塔巴诺没听懂，"谁写的？"

"我目前还不知道。"

坎塔雷拉到底在说什么？

"匿名信？"

"不，头儿。不是写在纸上的，写在外面墙上。所以今早法齐奥才把漆匠叫来刷墙。"

到了这时候，蒙塔巴诺才明白油漆匠的事。

"他们在墙上写什么了？"

坎塔雷拉的脸变得通红，言辞闪烁。

"他们用黑色喷漆写了些骂人的话。"

"哦，比如？"

"下贱条子。"坎塔雷拉低着头答道。

"没了？"

"不，警长。他们还写了'杀人犯'。'贱人'和'杀人犯'。"

"这有什么不能说出口的，嗯？"

坎塔雷拉看着他，像是要哭了。

"因为我们这里，从您这样的警长到我这样的小警员，没有任何一个人是下贱条子、杀人犯。"

蒙塔巴诺拍拍他的肩膀安慰他，然后走向自己的办公室。坎塔雷拉叫住了他。

"哎呀，警长！我差点忘了。他们还写了'该死的绿毛龟'。"

哈哈，西西里岛上哪一处涂鸦会漏了"绿毛龟"！这肯定是西西里人。西西里话。蒙塔巴诺刚坐下，米米·奥杰洛就进来了。他非常冷静，脸色轻松平和。

"发生什么事了吗？"他问米米。

"你听说昨晚有人在墙上喷字的事了吗？"

"嗯，法齐奥跟我说了。"

"这对你来说不算事吗？"米米迷惑地看了他一眼。

"你在开玩笑吗？"

"我是认真的。"

"好吧，那你对天发誓，诚实地回答我。你觉得利维娅出轨了吗？"

这次轮到蒙塔巴诺迷惑了。

"你他妈的在说什么？"

"所以你不是绿毛龟。我也不是，贝巴不会背叛我。那么，下一个词：贱人。说真的，有两三个女人用这个词骂过我，我不否认。但我敢打赌没人这么说过你，所以这不是在骂你。还有，杀人犯，算了吧。所以，这算什么？"

"好吧，你可真是俏皮话大师，填字游戏琢磨得真透！"

"等等，萨尔沃。难道这是第一次被别人骂是绿毛龟、贱人和杀人犯吗？"

"这次不一样。这回他们说的是真的。"

"啊，你这么认为？"

"嗯，我这么认为的。我们为什么要在热那亚那样做？已经很多年没有发生过这样的事情了。这怎么解释？"

米米看着他，什么都没说，眼皮耷拉着，像是快闭上了。

"不，别这样！"蒙塔巴诺说，"说话，回答我。别这么看着我。"

"行。但我先说明白，我不想存心跟你争吵。懂吗？"

"明白。"

"我知道你在烦什么，这些事情都是在一个你不再信任、公开反对的政府治理下发生的。你认为政客们也脱不了干系。"

"等等，米米，你看过报纸了吗？你看电视新闻了吗？他们已经说过了，或许有些含糊其辞，当时在热那亚指挥室里一群人无所事事：部长、议员，他们都是一个党的。他们总是要求出台法律法规，实际上都是他们的法律、他们的法规。"

"这是什么意思？"

"就是说，有些警察自以为最强大，实际上却是最脆弱的。他们有恃无恐，便肆无忌惮。这就是最好的例子。"

"还会有更糟糕的事情发生吗？"

"当然。或许我们会像舞台上的木偶一样被操纵，被他们当作试验品。"

"试验什么？"

"试验到底谁会反抗。哪些人是忠于他们的，哪些人是反对他们的。不过，还好目前他们的进展并不顺利。"

"呸！"奥杰洛并不相信。

蒙塔巴诺决定换个话题，"贝巴最近怎么样？"

"不太好。她怀孕很辛苦。不能久坐，大多数时间都躺着，不过医生说不用担心。"

※

沿着码头独自走了一公里又一公里，在礁石上坐了一个小时又一个小时，蒙塔巴诺一直在思考着热那亚的事件。在吃了大概有几百磅炒鹰嘴豆和南瓜子，与利维娅数次彻夜长谈之后，蒙塔巴诺心里的创伤终于开始愈合了。但这时，他又听到了那不勒斯警方做的一件风光事。几名警察将多位政治激进分子从所住医院强行带走，押送至营房拳打脚踢，痛骂不止。涉事警察因此被拘捕。但让蒙塔巴诺感到沮丧的是其他警察在听到同事被捕之后的反应。一些警察堵住中央警局大楼门口，以示与被捕警察共进退；还有一些人组织了街头示威游行；工会也发起了抗议活动；一名副局长因为在热那亚事件中对摔倒在地的游行者踢了一脚而被那不勒斯人奉为英雄，来到当地时受到热烈欢迎。在热那亚参加 G8 峰会的政客在这次意料之外的（蒙塔巴诺并不觉得很意外）半反叛性质的活动中，以程序不合为由表示支持警察的行动，反对发出逮捕令的法官。蒙塔巴诺的忍耐已经到了极致，这次他不能再吞下苦果了。一天早上，他刚上班就打电话给蒙特鲁萨警察局局长办公室主任拉特斯博士。半小时后，拉特斯让坎塔雷拉转告他，他可以中午十二点准时去见局长。警局里的人能从他每天上班走进办公室的姿态判断他的心情，他们意识到头儿今天心情不太好。所以，蒙塔巴诺从视野开阔的办公桌望出去，发现今天上班的人寥寥无几。整个局里很安静，到处寂静无声。坎塔雷拉在门口站岗，只要有人进来，他就睁开眼，做出一个"嘘"的手势，让来人保持安静。

嘘！所有进到局里的人都像进入了警戒状态。

十点左右，米米·奥杰洛小心翼翼地敲了敲蒙塔巴诺办公室的门，得到允许后进了办公室，满脸沮丧。蒙塔巴诺看到他这个样子，感到十分担心，"贝巴怎么样了？"

"她很好。我能坐下吗？"

"当然。"

"能抽根烟吗？"

"抽吧，别让人看见。"

奥杰洛点了一根烟，深吸了一口，很久都没有吐出烟圈来。

"吐出来吧，"蒙塔巴诺说，"我批准了。"

米米看着他，很不解。

"是啊，"蒙塔巴诺继续道，"你今早看起来很让人担心。什么小事都要我批准似的。发生什么事了？什么话这么难向我开口？"

"是啊，"奥杰洛说着灭了烟，向后靠着椅背，"萨尔沃，你知道的，我一直觉得你像父亲。"

"你怎么会有这样的想法？"

"哪种想法？"

"我是你父亲这个想法啊。如果这是你妈妈跟你说的，那她就是在骗你。我比你大十五岁，咱们说良心话，我十五岁时可没有……"

"萨尔沃，我没说你是我父亲。我是说我把你当作父亲一样。"

"那你就错了。儿子，忘了父亲这事儿吧，那算个屁事。把你想说的赶紧说完，别再烦我了，今天不是什么好日子。"

"你为什么要见博内蒂·阿德里奇局长？"

"谁跟你说的？"

"坎塔雷拉。"

"看我一会儿收拾他。"

"不，你不会的。不然你现在就要收拾我了。是我跟坎塔雷拉说的，如果你要见局长就告诉我。我觉得你早晚要见他。"

"我是警长，见我的上司有什么不正常的吗？"

"萨尔沃，你知道你受不了他的。你讨厌他的臭气。就算你快要死了，如果为你举行最后仪式的神父是他，你也会从床上坐起来，把他踢出房间。有些话我想跟你直说，行吗？"

"你他妈想怎么说就怎么说！"

"你想离开。"

"放个短假对我有好处。"

"你是不想再忍了，萨尔沃。你想辞职。"

"怎么我没权利辞职吗？"蒙塔巴诺大喊道，挪到椅子的边缘，像是马上要跳起来。

可奥杰洛并不害怕。"你随时都有权这样做。但请先让我把话说完。你还记得吗，你说过你怀疑一件事？"

"怀疑什么？"

"热那亚事件是一个承诺庇护相关警察的政治派系蓄意挑起的。记得吗？"

"没忘。"

"好，我只是想告诉你，在左翼政府掌权下，那不勒斯的事就发生在 G8 峰会之前。我们直到最近才知道。对这个事情你怎么看？"

"事情更糟糕。米米，你以为我没想过这些事情吗？整个事件的进展比我们想象的更加严峻。"

"什么意思？"

"这意味着腐败是从警察内部发生的。"

"你今天才发现的吗？你不是读了那么多书吗？如果你想放弃，行啊，放弃吧。但不是现在。你可以因为累了而放弃，因为到了退休年龄而放弃，因为受伤而放弃，因为脑子转不动了而放弃，但绝不是现在。"

"为什么？"

"因为这是一种羞辱。"

"对谁的羞辱？"

"对我，或许我是个风流成性的人，但我仍是一个正直的绅士。还有纯洁的坎塔雷拉，精干的法齐奥，维加塔警局里的每一个人。还有博内蒂·阿德里奇局长。是，他是个爱搞形式的蠢货，可内心并不坏。对所有崇拜你的同事和朋友，这都是一种羞辱。对为警察事业工作的绝大多数人，这都是一种羞辱。警局上下若是被流氓把持，他们就无能为力了。你这是当着我们所有人的面摔门而去。你好好想想。再见。"

米米站起身来，打开门，出去了。十一点半时，蒙塔巴诺命令坎塔雷拉给局长办公室打电话。他跟拉特斯博士说，他不去了，他要讲的事并不重要，一点儿都不重要。

挂掉电话后，他觉得需要呼吸一些新鲜空气，经过总机时，他对坎塔雷拉说："快去向警长奥杰洛报告一声。"

坎塔雷拉看着他，就像一只垂头丧气的小狗。

"为什么你想羞辱我，警长？"

羞辱他？所有人都感觉被他羞辱了，但他自己却不容别人羞辱。

※

突然间，他不想在床上多躺一分钟。他一遍又一遍地回想前些天和米米的对话。他没有对利维娅说过自己的决定吗？该做的都已经做了。他侧身看向窗口，一道微光透进来，钟表显示快到六点了。他起身，打开百叶窗。东边，太阳即将升起，光亮从层层叠叠的云层透出来。海面上微风吹过，波光粼粼。他贪婪地呼吸着这空气，感觉到整夜被背叛的烦忧也随着每一口呼吸而点点散尽。他走进厨房，灌满咖啡壶，等着水烧开的空隙推开了阳台的门。

沙滩上，视线所及之处没有一个人、一只动物。蒙塔巴诺连喝了两杯咖啡，穿上泳裤向沙滩走去。沙子潮湿紧实，或许昨夜下过雨。走到水边，他伸出脚探了探。海水比他想象中更凉一些。他小心地往前走，令人战栗的凉意爬上了脊背。"都五十多了，我怎么还总在做这些危险的事情？"他问自己。"或许海水的冰凉会让我的头脑冷静下来，然后打一个星期喷嚏。"

他划动双臂，缓慢地向前游着。海水的味道如此浓烈，像香槟一样刺激着他的嗅觉，他几乎要醉了。蒙塔巴诺一直向前游着，思绪逐渐放空，变得轻松起来，如同机械娃娃一样。突然，左腿肚一阵抽筋将他拉回了人类的世界。他咒骂了一声，翻了个身，在海面上像死人一样漂着。这疼痛如此强烈，令他不禁咬紧牙关。一会儿就会过去的。近两三年，这该死的抽筋来得更频繁了。这意味着他老了吗？他懒洋洋地顺着水流漂荡。疼痛渐渐缓解，他开始仰泳，胳膊向后摆了两下。第二下的时候，他的手打到了什么东西。

犹豫一下，蒙塔巴诺反应过来那是谁的脚。有人在他旁边漂浮，而他一直都没发现。

"不好意思，"他赶忙道歉，翻过身来，看向那个人。

然而那人却没有说话，因为他不是像死人一样漂着。他是真的死了。而且，从他的样子来看，应该漂了有一段时间了。

2

　　蒙塔巴诺有些慌乱，在尸体周围游着，尽量不划动手臂，避免打到尸体。现在天已经亮了，抽筋也过去了。这个人肯定死了有一段时间，在海上漂浮很久了——因为肉已经不多，只剩下了骨架，头几乎成了骷髅，上面还挂着海藻，看起来像头发一样。右腿就快要与身体脱离。鱼儿的啃食和海水的侵蚀让这个可怜人变成了这副鬼样子。或许他是个漂流者，或许他不是欧洲人，受够了饥饿和失望，想要非法移民碰碰运气，却被一伙无耻的奴隶贩子扔进海里。是的，这具尸体一定漂浮了很远。有可能吗？他漂了这么久却没有一个渔民、一艘船发现他？不可能的。毫无疑问，有人发现了他，但马上拿出了新道德——举个例子，如果你的车子撞了人，你马上逃逸而不是救人。渔民几乎不可能会因为尸体这样无用的东西而停留。难道没有渔民发现渔网里有人类尸体就立即抛回海中，以免官方追究？正如一首歌还是一首诗里讲过的那样，这世上已经没有同情心了。恻隐之心、手足情谊、团结协作、尊老爱幼、帮扶病患，这些精神都会和其他道德准则一起——渐渐消逝。

　　"别再想这些没用的道德了，"蒙塔巴诺对自己说，"还是想想如何脱离困境吧。"

从思绪中惊醒后，他向岸边望去。天，已经这么远了！他怎么会游到这么远的地方！他怎么把这具尸体拖到岸边？而且，那具尸体已经顺着水流比刚才又漂远了一些。这是游泳比赛还是什么？就在此时，他想到了解决办法。他脱下了泳裤，泳裤上除了松紧带，还有一条装饰用的带子。他划了两下到尸体的旁边，稍加思索后把泳裤绕过尸体的左臂，紧紧包着腕部，用带子一端绑着，另一端紧紧地打了两个结，系在自己左脚脚腕上。虽然肯定会累个半死，但只要在拖拽的过程中尸体的手臂没有脱落——尽管很可能还是会脱落——他相信这个折磨人的过程会有一个平静、愉快的结局。

他开始往回游。很长一段距离里他都游得很慢，而且只能用手臂划水，时不时要停下来歇口气，或者看看尸体是否还系着。快游到一半的时候，他停下来歇得久了些，气喘吁吁，像个风箱。当他翻身漂浮时，那个真正的死人，因为被腰带系着变成了脸部向下。

"耐心点，"蒙塔巴诺劝自己。

气息平稳了一些后，他又开始游。游了漫长的一段时间后，他发现脚可以踩到海底了，就把带子从脚腕解开拉在手上，站了起来。水面大概到他鼻子的高度。他踮脚向前走了几米，直到踩到岸边的沙滩。这时他才终于感到安全了，试图向前走去。

可是使了使劲，却走不动。他又试着迈步，还是寸步难移。天啊，他的脚已经麻了！他就像水中立着的木桩一样，木桩上还系着一具尸体。海滩上连个鬼影都没有，没法求救。这难道只是一场梦，一场噩梦？

"我该醒了，"他对自己说。

可他还是没醒。蒙塔巴诺倍感失望，于是回过头去大喊了一声，都快把自己震聋了。因为这一声高喊，两只停下来在他的头顶盘旋着观赏这场闹剧的海鸥吓了一跳，飞走了；不过他的肌肉和神经中枢，或者说他的全身都开始重新运转了——虽然还是极其困难。他离岸边只有三十步的距离，可这三十步就像爬加略山一样艰难。终于到了岸边，他一屁股坐在地上，一动不动，手里还拽着那根腰带——看起来就像一个捕鱼人打到了大鱼却拉不上岸。他安慰自己，糟糕的事情都过去了。

"举起手来！"背后一声叫喊。

蒙塔巴诺有些迷惑，便转过头去看看：那是一个七十多岁的老人，瘦得像一根竹竿，眼神慌乱，稀疏的头发粘在一起，像铁丝一样直直地竖着，怀里抱着一杆枪指着蒙塔巴诺，那枪应该是意土战争（1911-1912）时候的老古董了吧。他旁边还站着一个七十多岁的老妇人，戴着草帽，抱着一根铁棍，身子还在瑟瑟发抖，或许是因为恐惧，或许是因为帕金森症晚期。

"等等，我……"蒙塔巴诺说。

"你杀了他！"妇人尖声叫道，使得本来聚来欣赏闹剧续集的一群海鸥呼啦一下飞起，发出尖利的叫声。

"不，夫人，我……"

"别想抵赖，就是你杀了他，我已经用望远镜观察你两个小时了！"她又提高了声音喊道。

蒙塔巴诺完全不懂她在说什么。没来得及想自己现在的样子，他就扔开腰带，转过身站了起来。

"哦！天啊！他没穿衣服！"老妇人尖声叫道，向后退了两步。

"臭流氓！该死！"老男人也向后退了两步喊道。

男人开了一枪，子弹与蒙塔巴诺擦肩而过，打到了二十多米以外的地方，呼啸而过的气流把他吓了一跳。老人被枪杆的后坐力顶着又后退了两步，接着再次顽固地端起枪指向蒙塔巴诺。

"干什么？你疯了吗？我……"

"闭嘴！不许动！"老人命令道。"我们已经报警了，警察马上就到。"

蒙塔巴诺站着不动，余光看到那具尸体正在慢慢向后漂回海中。所幸，老天保佑，两辆急速驶来的车"嗞……"一声停了下来。看到法齐奥和加洛身着便服从第一辆车上下来，蒙塔巴诺终于安心了。但这安心并未持续多久，他就看到从第二辆车走下一个摄影师，刚下车就开始噼里啪啦按着快门。法齐奥一眼就看到了他们的警长蒙塔巴诺，向老头喊道："警察！别开枪！"

"我怎么知道你不是他的同党？"老人回答道。

他把枪口转向法齐奥，于是也转开了监视蒙塔巴诺的视线。蒙塔巴诺已经受够了，于是向前大跨一步，抓住老人的手腕夺过了枪。但老妇人挥动铁棒，他躲避不及，一下子被敲中脑袋。瞬间，他眼前一黑，失去意识向前跪倒。

※

失去意识后，蒙塔巴诺陷入了沉睡。等他醒来看看表，十一点半。刚醒来就打了一个喷嚏，一个接着一个停不下来。他感冒了，而且头痛得厉害。接着就听到女管家阿德莉娜从厨房传来的声音：

"先生，您醒了？"

"嗯。我头痛得厉害。我敢打赌是那个老女人打的。"

"连炸弹都伤不了您的脑袋，先生。"

突然电话响了。他试图起身，可一阵眩晕使他向后躺在了床上。这个老女人臂力怎么这么强？就在这时，阿德莉娜接起了电话。他听到她说："他刚醒。行，我会告诉他的。"

她手里端着一杯热气腾腾的咖啡来到蒙塔巴诺面前。

"是法齐奥先生。他说他最多半个小时后就会来看望您。"

"阿德莉娜，你什么时候来的？"

"跟平常一样，九点，先生。他们把您扶到床上，一位叫加洛的先生留下来帮忙。我到了以后跟他说有我照顾您，他就走了。"

阿德莉娜走出房间，回来的时候左手端着一杯水，右手拿着一片药。"我给您拿了点阿司匹林。"

蒙塔巴诺听话地吃了药。靠着仰坐在床上，他感到有些凉意，瑟瑟发抖。阿德莉娜看到后低声嘀咕了一句，打开衣橱拿出一条格子毯子，展开盖在了被单上。

"先生，您这个年纪没必要再这样见义勇为了。"

听到这话，蒙塔巴诺心生了几分厌恶。他把毯子盖过头顶，闭上了眼睛。

※

蒙塔巴诺听到电话响了一遍又一遍。为什么阿德莉娜不去接电话呢？他摇摇晃晃地走到客厅接起了电话。

"喂？"他的声音有些闷。

"警长？我是法齐奥。对不起，我来不了了，遇到点事情。"

"严重吗？"

"没事，小事情。我下午就去看望您。请您照顾好自己。"

蒙塔巴诺挂掉电话，向厨房走去。阿德莉娜已经走了，桌上留着一张字条：

> 您正在睡觉，我就没吵醒您。不过法齐奥先生就快
>
> 来了。我做了些吃的放在冰箱里。
>
> 阿德莉娜

他不想开冰箱，没有食欲。这时他才发现，自己正像亚当一样赤条条地走来走去，他穿上衬衫内裤，随便套了一条裤子，像往常一样坐在电视机前的躺椅上。十二点四十五分，维加塔电视台要播午间新闻了，无论政府是极左还是极右，这个台始终保持亲政府立场。刚打开电视，他就在电视上看到了自己，一丝不挂，眼神慌乱，目瞪口呆，双手捂着生殖器，看起来就像是上了年纪的纯真苏珊娜（油画《浴后的苏珊娜》），只是毛发浓密了些。屏幕下方的字幕是这样写的：

"图为警长蒙塔巴诺，从海上救回一具死尸。"

蒙塔巴诺想起了当时跟着法齐奥和加洛来的那个摄影师，真是要祝他长命百岁，生活安康。紧接着，他的死敌皮波·拉贡涅

丝涨红、愠怒的脸就出现在了屏幕上。

"今晨太阳升起不久……"

为便于观众理解，屏幕上出现了日出的影像。

"我们的英雄，警长萨尔沃·蒙塔巴诺出海游泳。"

屏幕上出现了一片海，有些人在海里游泳，人影很远，有些模糊，难以辨识。

"你可能会想，现在已经不再是游泳的好季节了，清晨更不是游泳的好时候。但这个时候该做什么呢？这才是我们的英雄。或许他觉得需要游个泳驱除脑中盘旋的奇怪念头。他在海上游了很远，发现了一具不知名的尸体。他没有打电话报警……"

"难道我阴茎上装手机了吗！"蒙塔巴诺恼火地插了一句。

"我们的警长决定不靠任何人帮忙，脱下泳衣把尸体系在腿上，一个人拖回岸边。我一个人完全做得到——这是他的座右铭。但这些举动没有逃过皮纳·鲍圣太太的眼睛，当时她正用望远镜看向大海。"

接着鲍圣太太出现在屏幕上，正是那个把蒙塔巴诺头打破的妇人。

"夫人，您从哪里来？"

"我丈夫安吉洛和我都来自特雷维索。"

"你们来西西里多久了？"

"我们在这里待了四天了。"

"来度假？"

"我们不是来度假的。我得了哮喘，医生说呼吸些海上的空气会好一些。我女儿奇玛嫁给了一个在特雷维索工作的西西里人……"这时鲍圣太太发出一声长叹，似乎在感叹女婿是西西里人有多倒霉。

"她跟我们说可以来这里住女婿的房子，他们一年只有夏天回来住一个月。所以我们就来了。"鲍圣太太又是一声长叹。在这个蛮荒未开的岛上生活实在太艰难，太危险了！

"说说吧，夫人，为什么会在清晨用望远镜看海呢？"

"我起得早，总要找点事情做，不是吗？"

"那，鲍圣先生，您常随身带着枪吗？"

"没有，那把枪不是我的，是我从堂兄弟那里借来的。因为我们要来西西里岛，所以，您懂的……"

"所以您认为来西西里岛必须准备防身武器？"

"如果这里没有法律约束的话，这么想好像是合理的，不是吗？"

拉贡涅丝涨红的脸再次出现在屏幕上。

"这是个很大的误解。"

蒙塔巴诺关掉了电视。他对鲍圣感到愤怒，不是因为他向自己开枪，而是因为他刚才的话。他拿起话筒，拨了一个电话出去。

"喂，坎塔雷拉？"

"听着，你个混蛋！"

"嘿！坎塔，你听出来是谁了吗？我！蒙塔巴诺！"

"啊，是您啊？警长。您感冒了？"

"没有，坎塔，我喜欢这么说话。叫法齐奥来接电话。"

"是，警长！"

"什么事，警长？"法齐奥的声音从电话那头传来。

"法齐奥，那杆老爷枪现在什么情况？"

"您是说鲍圣的枪吗？我还给他了。"

"他有使用许可吗？"

"我不知道，警长。事情太多，我就没多管。"

"行吧。我是说不能这么算了。你去找到这个疯子，马上，看看他的许可证是否合法。如果不合法，就照章办事。我们不能让这个疯老头拿着枪在岛上到处开枪。"

"明白，警长。"

完事了。这会让鲍圣先生和他的漂亮太太知道，就算是西西里也是有法律的。虽然不多，但是法律的效力是一样的。电话再响起的时候，蒙塔巴诺已经快回到床上了。

"喂？"

"萨尔沃，亲爱的，你的声音怎么回事？还在睡觉吗？还是感冒了？"

"感冒了。"

"我给你办公室打过电话，他们说你在家。发生什么事了？"

"你想让我说什么？我下海游泳，往回走。我浑身赤裸，那个家伙向我开枪。然后我就感冒了。"

"你你你你……"

"你你你你，你想说什么？"

"你……你在局长面前脱光衣服，然后他向你开枪了？"

蒙塔巴诺感到深深的挫败。

"我为什么要在局长面前脱光衣服?"

"因为昨晚你说今天早上无论如何都要向局长交辞呈!"

蒙塔巴诺猛拍了一下前额。辞呈!他完全忘记这回事了!

"是这样的,利维娅。今天早上,我在海上仰头漂着,然后一个死人……"

"该挂了,亲爱的,"利维娅有点不耐烦,"我得去工作了。等你能正常说话的时候打给我吧。"

好吧,他现在只能再吃一片阿司匹林,盖上厚被子出一身汗。

进入梦乡前,蒙塔巴诺不自觉地回想起发现尸体的整个过程。他把尸体的胳膊举起来,拿着泳裤绕过去,然后紧紧地系在尸体的手腕处,影像到这停住,又倒回去,就像在剪辑一样。举起胳膊,泳裤绕过去,系紧……停住。胳膊举起来,泳裤绕过去……就这样进入了梦乡。

※

像婴儿一样熟睡到晚上六点醒来时,他觉得感冒好了很多。不过,今天他必须乖乖在家待着。

他还是感觉很疲惫,原因他明白得很:在那个感到背叛的夜晚里,他耗尽了心力;游泳,精疲力竭地把那具尸体拖上岸,被铁棍击中头部;还有没向局长提交辞呈的心理落差。他把自己关在浴室里,洗了很长时间的澡,精心刮了胡子,然后穿得像要去上班一样体面。不过,冷静下来,他还是没有出去,而是下定决心后给局长办公室打了电话。

"喂？我是警长蒙塔巴诺。我有话对局长说，很紧急。"

他得等上一会儿。

"蒙塔巴诺？我是拉特斯。你最近怎么样？你的家人呢？"

我的天，怎么会是他来接电话！拉特斯博士，卡夫·拉特斯，他是《未来报》和《天主教家庭》杂志等刊物的忠实读者。他认为任何一位值得尊敬的男士都应当结婚生子。而且自从他对蒙塔巴诺感到尊敬开始，他就主观认为这位警长已经结婚了。

"感谢主，他们都很好。"蒙塔巴诺回答。

他知道，"感谢主"是和拉特斯沟通的最好方式。

"我能帮你做点什么呢？"

"我需要跟局长商议一下。"

商议！他对自己使用这样的词感到恶心。不过跟上级说话，这样的措辞是最好的。

"局长不在。他被司法部长阁下召往罗马了。"

蒙塔巴诺注意到他顿了一下，甚至想象得到因为提及司法部长阁下时，拉特斯为示尊敬迅速立正的样子。

"哦，"蒙塔巴诺感觉身体软了一下，"你知道他什么时候回来吗？"

"估计还要两三天吧。有什么我可以帮你的吗？"

"不用了，谢谢你，博士。等他回来再说吧。"

"那些日子会过去的……"蒙塔巴诺悲愤得唱道，恨恨摔下了听筒。他决定上交——或者用一个更恰当的词——呈递辞呈的那一刻，似乎就有一种力量来挫败他的计划了。

他发觉，除了因为这个电话而加重的满身疲惫，他现在饿得像头狼。六点十分，还没到晚饭时间。不过，有谁规定必须到点吃饭吗？他走进厨房，打开冰箱。阿德莉娜准备了病号饭：煮鳕鱼。鳕鱼很大很新鲜，共有六条。他懒得再加热了，他喜欢吃凉鳕鱼，倒入些橄榄油，加上几滴柠檬汁，撒几粒盐即可。阿德莉娜早上还买了圆形硬面包，面包上诱人的芝麻粒引诱着警长一个接一个吃下去，然后用口水沾湿手指，把掉在桌布上的芝麻粒也一颗一颗捏起来吃掉。他在阳台上支起桌子，津津有味地吃了一顿大餐，就像是最后的晚餐。

吃完饭收拾桌子时，已经八点多了。所以，睡觉前这段时间该怎么打发呢？这时法齐奥的敲门声刚好解决了这个问题。

"晚上好，警长。我来向您报告。身体怎么样了？"

"好多了，谢谢。坐下吧。你了解鲍圣的情况了吗？"

法齐奥坐稳了，从口袋里拿出一小张纸，读起来。

"安吉洛·鲍圣，父亲老安吉洛·鲍圣，母亲安吉拉·克雷斯汀，出生于……"

"全都是安吉洛，"蒙塔巴诺打断他。"选吧。收起你那张破纸，还是让我踹你一脚。"

应他的要求，法齐奥收起了繁冗的公文语气，不卑不亢地把纸放回口袋，说："警长，接到您的电话后，我马上去了安吉洛·鲍圣的住处。那座房子距离这里有几公里远，屋主是他女婿莫瑞吉奥·罗汤多。鲍圣没有用枪许可证。但您不知我要收他的枪要费多少工夫。他夫人甚至还用扫帚敲我的头。扫帚在鲍圣太太手里简直是利器。她太厉害了……您也领教过的。"

"他为什么不上缴枪械？"

"他说枪是借来的，要还给朋友，叫罗伯托·保辛。我把这个重要线索交给了特雷维索警方，然后把鲍圣关进了监狱，现在听候审理。"

"那具尸体有什么消息吗？"

"您找到的那具？"

"不是那具还能有其他的？"

"呃，警长，您在家休养期间，维加塔近海及周边又发现了两具尸体。"

"我只对我找到的那个感兴趣。"

"没有任何消息，警长。他肯定是个非法偷渡者，还没上岸就淹死了。无论什么情况，帕斯夸诺医生现在应该在做尸体解剖。"

就在这时，电话响了。

"去接电话。"蒙塔巴诺说。

法齐奥伸出手拿起听筒，"这里是蒙塔巴诺家。我是谁？我是法齐奥警官。哦，是您啊？不好意思，我没听出来。我马上把听筒交给他。"

法齐奥把听筒交给蒙塔巴诺。"是帕斯夸诺医生打来的。"

帕斯夸诺？他以前从来没有给自己家里打过电话。肯定出大事了。

3

"喂？我是蒙塔巴诺。发生什么事了，医生？"

"你能给我解释解释吗？"

"当然。"

"怎么总是三天两头扔个尸体给我，还要求尸检后立即出结果。而且这次你他妈的什么都不说就扔给我了？"

"呃，事情是……"

"我告诉你事情是怎么样的。你以为这是某个第三世界穷国的杂种的船翻了，然后船上的五百多具尸体堆满了西西里海峡，都能踩着走到突尼斯去了。你以为你捡到了其中一具尸体，然后就甩手不管了。如果真是这样，多一具少一具有什么区别吗？"

"医生，如果你是因为什么事情不如意，而把挫败情绪发泄在我身上，请便。但你清楚地知道，这不是我的想法。而且，今天早上……"

"对，没错，今天早上你忙着展示男性雄风呢，角逐'宇宙警察先生'大奖。我在维加塔电视台看到你了。我告诉你，你获得了超高的，怎么说来着，收视率。真诚祝贺你。"

帕斯夸诺就是这个样子。粗鲁、好斗、讨人嫌。不过蒙塔巴诺知道这是天生的，他不管对什么人，什么事，都是一副好斗公鸡的架势。蒙塔巴诺提高声调反击他。

"医生，能告诉我为什么这个时候打电话到家里来骚扰我吗？"

帕斯夸诺是明白见好就收的。"因为事情不像表面那样。"

"什么意思？"

"首先，这个人是西西里人。"

"嗯。"

"其次，我认为他的死因是谋杀。我只是做了一个表面的检查，还没有把整个尸体剖开。"

"有枪伤痕迹吗？"

"没有。"

"刀伤呢？"

"没有。"

"原子弹爆炸造成的伤口？"蒙塔巴诺不耐烦地问道。"这是什么意思？医生你在恶作剧吗？你不能直接说出来吗？"

"明天早上到我这儿来一趟，我的好同事米斯特瑞塔会继续执行尸检，并把我的观点告诉你，不过他并不赞同我的观点。"

"米斯特瑞塔？为什么？你不在场吗？"

"不，我不在场。我明天早上要去看我妹妹，她身体不太好。"

现在蒙塔巴诺明白为什么帕斯夸诺打电话给他了——出于礼貌和友谊。他知道蒙塔巴诺有多厌恶米斯特瑞塔医生，那个家伙傲慢又自以为是。

"就像我说的，"帕斯夸诺继续说道，"米斯特瑞塔不同意我的观点，所以我想私下跟你说说我的想法。"

"那我马上就到。"

"到哪儿？"

"你的办公室。"

"我不在办公室，我在家。我们在打包行李。"

"那我去你家。"

"别，家里乱糟糟的。我们在立博尔特路的第一个酒吧那里见面，怎么样？不过别耽误太久，我明天要早起。"

※

蒙塔巴诺赶走了一直问这问那的法齐奥，然后快速洗漱、开车去蒙特鲁萨。立博尔特路的第一个酒吧环境很差，蒙塔巴诺只去过一次就再也不想去了。他走进酒吧，一眼就看到了坐在桌边的帕斯夸诺。他走过去，在旁边坐下。

"你喝什么？"帕斯夸诺喝着一杯浓缩咖啡问道。

"一样。"

他们就这样静静坐着，直到服务员端上了一小杯咖啡。

"说吧。"蒙塔巴诺开口道。

"你看了尸体的外观状态吗？"

"嗯，我拖尸体的时候一直担心他的手臂会掉。"

"如果你再拖远一些，手臂就真掉了。"帕斯夸诺说。"这个可怜人已经在海里泡了一个多月了。"

"所以他是上个月死的？"

"差不多吧。尸体现在这个状况，我很难……"

"有什么其他可辨识的痕迹吗？"

"尸体上有枪伤。"

"那你为什么说没有？"

"能听我说完吗，蒙塔巴诺？他的左腿上有一处旧枪伤。子弹已经打穿骨头了，应该是几年前的旧伤。海水腐蚀了尸肉露出尸骨，我这才发觉这处枪伤的。他可能还有点跛脚。"

"你推断他多大年纪？"

"大约四十岁，可以确定是欧洲人，但具体身份难以确认。"

"没有指纹吗？"

"你在开玩笑吗？"

"医生，为什么你确信他是被谋杀的？"

"别这么问，这只是我的推断。尸体上到处都是反复撞击石块留下的伤口。"

"我发现他的那片水域没有石块。"

"你怎么知道他是从哪儿漂来的？被你发现之前，尸体已经漂行很长时间了。而且，尸肉几乎被海鸥啄食干净了，只有颈部还剩下两片肉。就像我说的，他全身到处都是伤口，分布不均匀，而且都是死后造成的。但其中有四个伤口呈对称状态，圆形，而且非常清晰。"

"在哪里？"

"在尸体的腕部和脚踝处。"

"那就对了！"蒙塔巴诺从椅子上跳起来大喊道。

下午入睡前，他想起了一个无法解释的细节：尸体的手臂，泳裤紧紧地包裹着尸体手臂的腕部⋯⋯

"而且那个伤口是在左手手腕处。"他慢条斯理地说。

"你也注意到了？他右手手腕和脚踝处也有类似的伤口。对我来说，这只有一种可能⋯⋯"

"他曾经被捆绑过。"

"没错。但是用什么捆绑呢？铁丝吗？绑得那么紧，都勒进尸肉里了。如果是用麻绳或者尼龙绳，痕迹不可能这么深，都深入骨头了。而且我们找不到任何材料的遗留证据。不对，他们在淹死他之前就松绑了——为了让他看起来像是自然溺亡的。"

"有可能做司法鉴定吗？"

"不确定。这要看米斯特瑞塔医生。我们必须向巴勒莫的鉴定处申请，看看能不能在手腕及脚踝处的伤口处找到任何金属或锈迹的蛛丝马迹，但这要花费很长时间。情况就是这样了。时间不早了。"

"谢谢你，医生。"

两人握手告别后，蒙塔巴诺回到车里，缓缓地向前开着，陷入了沉思。后面的一辆车闪了闪远光灯，抱怨他开得太慢了。当他向右让出路时，一辆银色庞蒂亚克突然超车，拦在了他的车前。他妈的，蒙塔巴诺猛地踩了一脚刹车。他的车前光束灯映出，庞蒂亚克的司机从车窗伸出一只手，向他竖了中指。蒙塔巴诺怒火中烧，下车准备一把把那个司机拽出来。对面司机也下了车。蒙塔巴诺突然停住了，原来是英格丽，正抱着胳膊看着他笑。

"我认出你的车了。"这位瑞典女士说道。

他们上一次见面到现在有多久了？肯定至少一年了。两个人相拥良久，英格丽吻了吻他，然后轻轻推开，拉着他仔细端详。

"我在电视上看到你了，赤身裸体，身材保持得还不错。"她笑道。

"你也比以前更漂亮了，"蒙塔巴诺真诚地说道。

英格丽又抱了抱他。"利维娅跟你在一起？"

"没有。"

"我想去你家阳台坐坐。"

"好啊。"

"等我一下，我先把约会推掉。"

英格丽对着电话嘀咕了几句后问他，"有威士忌吗？"

"有，一整瓶，还没开封。给你，我家的钥匙。你先去吧，我开得慢，跟不上你。"

她笑了，接过钥匙，在蒙塔巴诺发动车的空当就绝尘而去。蒙塔巴诺很高兴能遇到英格丽。他现在可以和老友共度几个小时的美好时光，还可以趁此机会冷静一下，之后再仔细思考帕斯夸诺刚才跟他说的话。开到达家门口时，英格丽出来迎接他，并给了他一个热情的拥抱。

"我得到批准了。"

"谁的？"

"利维娅。我进门的时候电话响了，我就接了。我知道本来不该接的，不过顺手就接了。是利维娅打来的。我跟她说你马上就到家了，不过她说之后会再打。她说你最近不太好，所以作为你的护士，她批准我安慰你、关心你。拥抱是我唯一擅长的安慰、关心别人的方式了。"

糟糕！利维娅肯定很伤心。英格丽不明白，或者她装不明白，利维娅其实生气了，说的是反话。

"不好意思，你等我一下。"蒙塔巴诺从英格丽的拥抱中退出来说。

蒙塔巴诺拨了利维娅在鹿嘴村的号码，但是占线。不用说，利维娅肯定把听筒摘下来放到一边了。他又拨了一次。英格丽则在房子里四处转悠，开威士忌、从冰箱里拿了些冰块儿出来，走到阳台上坐了下来。电话还是占线。蒙塔巴诺放下听筒，走出房间，挨着英格丽坐在长凳上。今晚天气很不错。天空中稀疏的云彩中透出些许微光，海浪温柔地拍抚着沙滩。蒙塔巴诺突然产生了一个想法，或者说想问一个问题。他嘴角泛起笑意。如果没有英格丽，今夜会如此惬意吗？现在英格丽就坐在他身旁，给他倒了一大杯威士忌，头轻轻靠在他的肩上。

接着，英格丽开始说起自己的近况，一直说了三个半小时，直到瓶子里的威士忌所剩无几才停下来。她说自己的丈夫现在像个混蛋了，虽然住在同一个屋檐下，却和分居没什么两样。她说她很想家，想回瑞典（你们西西里人烦死我了）；她承认自己其实有两段艳遇。第一段是和一名议员，叫弗雷塞拉还是格雷塞拉来着，蒙塔巴诺没听清楚。他是个虔诚的天主教徒，和英格丽上床之前会跪在地板上，向主祷告，请主原谅他即将犯下的罪孽。另一段是和一个油轮船长，等找到合适的接班人就提前退休，如果到那时候英格丽还没决定剪断孽缘，事情恐怕会有麻烦。他要么叫德鲁尼奥，要么叫德罗尼奥，蒙塔巴诺没听清。英格丽有点烦他，有时会觉得别扭。英格丽很擅长发现男人的滑稽之处或奇怪之处。蒙塔巴诺被她逗乐了。这是个轻松的夜晚，比按摩还让人惬意。

※

第二天早晨，彻底洗了个澡、连灌了四杯咖啡之后，蒙塔巴诺上了车，可还是因为昨晚的威士忌头昏脑胀。除了这个，他感觉一切都回到了正轨。

"警长，感冒好了吗？"蒙塔巴诺走进警局时，坎塔雷拉问道。

"好很多了，谢谢。"

"对了，我在电视上看到您了。老天，您真是我们的榜样！"

蒙塔巴诺走进办公室，叫来了法齐奥。他很快就到了。法齐奥很想知道帕斯夸诺医生跟警长说了什么，却没敢问。实际上，他压根没敢开口，因为他敏锐地感觉到警长最近心情不好，偷瞥一眼都可能惹毛他。蒙塔巴诺静静地等法齐奥坐下，装作在看报纸，其实把法齐奥想问什么却压在舌头下面不敢问的样子看在眼里。他想逗一逗法齐奥。于是，他仍旧盯着手里的报纸，突然开口说：

"他杀。"

"竟然！"法齐奥从椅子上跳了起来。

"枪杀？"法齐奥问道。

"不是。"

"捅死的？"

"不是。溺亡。"

"可是帕斯夸诺医生怎么……"

"帕斯夸诺只看了一眼尸体就下结论了，但他几乎没出过错。"

"他的根据是什么？"

蒙塔巴诺把事情都告诉了他。接着说："米斯特瑞塔跟帕斯夸诺的分歧恰恰帮了我们。米斯特瑞塔在死因报告里写得很确定：溺亡。当然还要走司法鉴定。我们结案就按这个来，避免局长办公室、机动特警队或者其他什么人插手。"

"您要我做些什么？"

"首先，你要出具一份受害人鉴定报告，包括身高、发色、年龄等等。"

"还有样貌照片。"

"法齐奥，你没看见尸体的样子吗？还有人脸的样子吗？"

法齐奥看起来有点泄气。

"如果你知道这个会感觉好点，那我告诉你，"蒙塔巴诺继续道，"他可能有点跛足，腿上有旧枪伤痕迹。"

"判断身份还是很难。"

"不管怎么说先试试。还有，去查一下失踪报告。帕斯夸诺说这具尸体已经在海上漂了一个多月了。"

"我会的。"法齐奥有些不确信。

"我现在要出去一下，几小时后回来。"

※

蒙塔巴诺径直地开向港口，停车，下车，向码头走去。码头只有两艘渔船还停着，其他都出海了。幸运的是，玛德雷·迪·迪奥号还没出海，正在发动机检修。蒙塔巴诺走近，看到了船长奇乔·阿尔巴内塞正站在甲板上盯着。

"奇乔！"

"是您啊，警长。我马上下来。"

他们认识很久了，关系还不错。奇乔在海里干了一辈子，在渔船上从六岁待到六十岁。人们都说，要问起维加塔和马耳他之间的这片海域和去突尼斯的海路，他是最精通的了。他甚至能看出航海图和导航手册上的错误。镇子上还有人说，空闲的时候奇乔干走私烟的买卖。

"现在有空吗，奇乔？"

"必须有。你叫我什么时候都有空。"

蒙塔巴诺解释了他的来意。阿尔巴内塞问了问需要花费多长时间，然后回头对伙计说："我几个小时以后回来。"

接着，他就跟着蒙塔巴诺上了车。一路上两人都没说话。太平间的卫兵向蒙塔巴诺报告说米斯特瑞塔医生还没到，只有他的助手哈可贝罗在里面。蒙塔巴诺松了一口气。见了米斯特瑞塔，他一整天的好心情就没有了。哈可贝罗更听帕斯夸诺的话。看到警长时，他的神情明亮起来。

"见到你真好！"

既然只有哈可贝罗在，那他就可以打开天窗说亮话了。

"这是我的朋友，奇乔·阿尔巴内塞。他很熟悉维加塔海域。如果是米斯特瑞塔在这儿，我就必须告诉他，我的朋友要来看看那具尸体，以免溺亡的是奇乔的海员。不过现在是你，那就不用了。

如果米斯特瑞塔来的时候问起什么，你知道怎么回答吧？"

"知道。跟我来吧。"

那具尸体看起来更加苍白了，像是覆盖了一层半透明的膜，零星地挂着几片肉。阿尔巴内塞检查尸体时，蒙塔巴诺问哈可贝罗："你知道帕斯夸诺认为这个可怜人是怎么死的吗？"

"当然。我就是来跟你讨论这个问题的。米斯特瑞拉是错的，你看。"

"手腕和脚踝处深入骨头的圆形伤口颜色更加灰白了。"

"哈可，你能说服米斯特瑞拉去做帕斯夸诺想做的组织化验吗？"

哈可贝罗笑了："打个赌？"

"跟你打赌？不可能。"

哈可贝罗出了名的喜欢跟人打赌，从天气到下一周的自然死亡人数。他很少输。

"我会想些办法让他去做化验的。比如问他，如果蒙塔巴诺警长之后发现这个人不是死于意外，而是谋杀，我们怎么办？必要的时候，他会牺牲自己的脸面，不过他不喜欢丢面子。但是，警长，我有必要告诉你，这些化验要花费很长时间。"

直到返程的路上，阿尔巴内塞才打破了沉默。

"呸！"他咕哝了一声。

"什么？你对着一具死尸观察了半个小时，最后就只说一个呸？"蒙塔巴诺有些恼火。

"一切都很奇怪。我太知道溺亡的人是什么样子了。可是这个人……"他顿了一下，想起了另一件事："医生说他在水里泡了多久？"

"足足一个月。"

"不，警长。足有两个月，至少。"

"可是在水里泡两个月的尸体肯定什么身体组织都不会剩下了，最多一两片烂肉。"

"这就是奇怪的地方了。"

"解释一下，奇乔。"

"事实上，我不想乱说。"

"我乱说的还少吗！说吧，奇乔，想到什么说什么！"

"你看到那些石头撞击造成的伤口了，对吧？"

"嗯。"

"这只是表面伤痕。过去这个月里有十多天海风都很强。如果尸体被海里的石头撞到，绝不会形成这样的伤口。尸体的头会和身子分离，或者肋骨被撞裂，或者别的骨头变形突出来。"

"所以呢？或许强风那些天，尸体时漂在开阔区域，没有石头。"

"可是警长，你是在海水逆流的地方发现尸体的！"

"什么意思？"

"你不是在马里内拉发现的尸体吗？"

"对啊。"

"那就对了，那儿的水流要么流向大海，要么沿着海岸流动。再过两天，尸体就会漂过鲁塞罗海角，这总是没错的。"

蒙塔巴诺没说话，陷入了沉思。过一会儿，他对阿尔巴内塞说道："你得跟我具体解释一下流向问题。"

"什么时候？"

"今晚怎么样？"

"当然可以。不如去我那儿吃晚饭吧？我妻子在做斑纹羊鱼，做法还挺特别的。"

蒙塔巴诺一听就开始流口水了。

"谢谢。不过你对这一切怎么看，奇乔？"

"我能直说吗？首先，石头的撞击不会造成尸体腕部和脚踝处那样的伤痕。"

"嗯。"

"他在被淹死之前肯定被绑住了手腕和脚腕。"

"被铁丝绑的，帕斯夸诺是这么认为的。"

"对。然后他们把这个人扔在海水里浸泡了一会儿……或许是在什么隐蔽的地方。发现他已经泡得差不多之后，就扔进了大海。"

"他们为什么要等那么久才扔？"

"警长，他们想让尸体看起来像是从很远的地方漂来。"

蒙塔巴诺佩服地看着他。不仅是因为奇乔·阿尔巴内塞这样一个海上讨生活的人，居然跟帕斯夸诺这样的科学家，和他自己这样一个有着严谨思维的警察得出了同样的结论，而且奇乔的推断让案子的进展又前进了一大步。

4

然而蒙塔巴诺担着警长的身份，注定没口福品尝到奇乔·阿尔巴内塞妻子的特制斑纹羊鱼了，连远远地闻一下都没捞到。晚上八点左右，他正要离开办公室的时候，副局长理古乔打来了电话。虽然蒙塔巴诺认识理古乔很多年了，而且两人相处融洽，但一直都只是工作关系。他们本来很容易就能成为朋友，不过谁都没有踏出这一步。

"蒙塔巴诺？抱歉，问一下，你办公室里有一个戴眼镜、双眼近视三百度的同事吗？"

"啊？"蒙塔巴诺答道。"我这儿有两个巡警是戴眼镜的，库苏马诺和托雷塔，不过我不知道具体度数。为什么问这个呢？你是在为敬爱的局长做调查吗？"

理古乔在政治立场上是支持新政府的，这已经不是什么秘密了。

"萨尔沃，我没空开玩笑。如果他们有我能戴的眼镜，请尽快送到我这来。我的眼镜坏了，什么都看不清。"

"你办公室里没有备用的眼镜吗？"蒙塔巴诺叫来了法齐奥。

"有的，但我现在不在蒙特鲁萨。"

"你在哪儿？"

"我在维加塔，执行搭救难民的任务。"

蒙塔巴诺把事情跟法齐奥说了，然后打电话给理古乔。

"理古乔吗？我已经安排人去看看了。你今天搭救了多少名移民？"

"至少一百五十个，两艘巡逻艇。他们是坐两艘送水的大船过来的，差点就在兰佩杜萨岛触礁了。从我收集到的信息来看，是他们的向导扔下他们，搭救生艇逃走了。这些可怜人就快淹死了。你知道的，蒙塔巴诺。我觉得我不能再看着这些可怜人了。他们……"

"把这些告诉你在政府的朋友。"

这时候，法齐奥拿着一副眼镜回来了。

"左眼三百度，右眼两百五十度。"

蒙塔巴诺对着电话说道。

"太棒了，"理古乔说，"能把眼镜送过来吗？巡逻艇现在就靠岸了。"

不知出于什么原因，蒙塔巴诺决定亲自给他送过去。用坎塔雷拉的话来说，以私人途径送过去。无论从哪个角度看，理古乔都是一个不错的伙伴，而且晚到奇乔家里一会儿也不会是世界末日。

他很庆幸自己不用像理古乔那样：蒙特鲁萨警务局要求港务局发现任何非法移民者都要上报，只要有非法移民到港，理古乔就必须赶往维加塔海域，带着整车的警察、大巴、救护车和吉普车，而且每次都要目睹同样的场景，悲情、伤心、哭天抢地。非法移民里满是待产的孕妇和意识恍惚的孩子，还有经过无穷无尽的海上漂泊、风吹雨打后已经被吓坏了甚至生了病的人，他们急需帮助。登岸时，清新的海风都掩盖不了他们身上那股令人难以忍受的气息。这并不是因为几天没有洗澡，而是他们的恐惧、伤心和痛苦，以及一心求死的绝望。没有谁能对此视若无睹，正因如此，理古乔说他不能再忍受站在那里看着这个场景了。

蒙塔巴诺到港口时，看到第一艘巡逻艇已经放下了跳板。警察分列两旁，空出一条道直通向第一辆运输大巴，发动机已经启动，正等着人们上车。理古乔就站在跳板末端，他接过眼镜，道谢之后戴上了。蒙塔巴诺感觉理古乔正专心致志地监督救援，甚至没有认出他是谁。

理古乔下令开始登岸。第一个是一位黑人妇女，挺着大肚子，好像随时都会生产。她已经没法自己走路了，一位巡逻艇的海员和一位黑人男士一左一右搀扶着她。他们走近救护车，男人想和女人一起上车时，有人喊叫了几声。船员试图向警察解释，这位男士肯定是女人的丈夫，在船上时他一直搂着这位妇女。可惜解释无效，男人不能上车。救护车鸣笛哀号着开走了。黑人丈夫开始哭泣，海员搀起他，陪同他上了大巴，还安抚了他许久。出于好奇，蒙塔巴诺跟着他们。海员说的是方言，他肯定来自威尼斯或周边地区，黑人没听懂他说什么，但听着海员温柔的声音他显然感觉好多了。

蒙塔巴诺正要回到车上，就看到四个难民颤颤悠悠、跌跌撞撞地走过跳板，像是喝醉了一样。蒙塔巴诺一时还不明白是怎么回事，接着就看到一个不到六岁的小男孩从那四个男人腿下冲出来。一眨眼的工夫，那孩子就从一排警员中钻过去，消失了。两个警察正要追去，蒙塔巴诺，出于警员的天生警惕性，看到那个孩子朝着码头没什么灯的地方跑去了。那边有一个旧仓库，周边还围着防护墙。他不知道自己为什么会冲着那两个警察喊道：

"站住！我是警长蒙塔巴诺！你们回去，我去追他！"

两个警察听从了他的命令。

这时蒙塔巴诺已经看不到那孩子的踪影了，不过他跑去的方向只会是一个地方，而且是一片封闭的区域，在旧仓库后面和码头边界墙的中间，那是一条死胡同，没有其他路可逃。但是巷子里到处都是空油桶和瓶子，堆着几百个破旧的鱼箱，还有至少两三个废弃的渔船发动机。白天都乱七八糟，找不到路，更别说现在只有街灯微弱的光线。那孩子肯定在看着他，于是蒙塔巴诺试图营造一种轻松的氛围，走得很慢，一步步地向前挪。他还点了一根烟。等他走到巷子的入口时，他冷静、轻柔地对着里面说：

"出来吧，小家伙，我不会伤害你的。"

没人回答。不过，仔细听，混杂着码头那边传来的喊声、哀号声、咒骂声、汽车喇叭声、鸣笛声和尖叫声，他能清楚地辨认出小男孩微弱的喘息声，他一定就躲在几米以外。

"快出来吧，我不会伤害你的。"

他听到些窸窸窣窣的声音，是从面前的木箱子那里传来的。小男孩一定躲在箱子后面。蒙塔巴诺其实可以跳过去逮住他，但他还是原地不动。接着他慢慢看到了孩子的手、胳膊、头和胸膛，身体其他部分还躲在箱子后面。小男孩举起双手，表示投降，大眼睛里满是恐惧。但他仍旧强忍着不哭，一点都不示弱。

这可怜的孩子是从哪儿来的？蒙塔巴诺感到十分惊愕。这么小的年纪就知道举起双手表示投降，这肯定不会是从电视或电影上学来的。

脑子里一闪而过的一幕，让他有了答案。箱子、巷子、码头和维加塔海域都消失了，眼前的一切都缩到照片大小，那是他很多年前看见过的一张黑白照片。发生在很多年前，当时他还没有出生：在一场战争中，一个小男孩被一个军人用枪指着，双手举过头顶，大大的眼睛里同样充满着恐惧，也是同样忍着不哭。

蒙塔巴诺感到胸口一阵刺痛，甚至无法呼吸。一阵惊恐，他紧闭上眼睛，又睁开。然后，一切又放大到正常尺寸，回到现实，不再有照片里的小男孩，而是眼前的这个黑人小男孩。他向前走了一步，拉着孩子冰冷的小手，紧紧地攥着。他一动不动，等着手的温度一丝丝地传到孩子的指尖。直到他感觉到掌中的小手放松了，才迈步往前走去，手仍旧紧紧地拉着小男孩。孩子跟着他，希望眼前的这个人会保护他。在这种情境下，蒙塔巴诺不禁想到了那个差点成为他儿子的突尼斯孩子——如果他和利维娅结婚的话。他努力地压制自己的情绪，紧咬着下唇，就快咬出血了。

人们还在陆陆续续地登岸。远远地，他看到一位瘦小的母亲带着两个幼子，孩子紧紧拽着母亲的裙摆。她正歇斯底里地喊叫着，整个人披头散发，边跺脚边撕扯自己的上衣。三个警察试图让她冷静下来，但没什么用。突然，她看到了蒙塔巴诺和那个小男孩，便用尽全力推开警察，不顾一切地张开双臂向他们跑去。这时，蒙塔巴诺明显感觉到小男孩在看到母亲那一刻突然全身僵硬，想要再次逃跑。为什么他会这样，不是应该向着母亲跑过去吗？他把小男孩转回来，惊讶地发现小男孩直直地看向他，而不是自己的母亲，眼神中带着绝望和怀疑。或许他的母亲在他第一次跑开的时候打了他，于是他想独自逃跑。而且，那个女人跑过来时脚一扭，摔在了地上。那三个警察试图扶起她，可是不行。她站不起来了。她哭叫着，揉着自己的左膝，却仍旧张开双臂，想要蒙塔巴诺把孩子送过来。孩子刚靠近她，她就把孩子一把抱进怀里，不停地亲吻他。然而她还是站不起来，她不断地尝试，却不断地摔倒。最后有人叫来了救护车。两位医护人员从车上下来，其中一个是长着胡子的瘦子，他弯下腰查了查女人的腿。

"她的腿肯定受伤了。"他说。

他们把她抬上救护车，她的三个孩子也跟着上了车，车开走了。这会儿，第二艘巡逻艇上的难民开始登岸，不过蒙塔巴诺决定要回家。他看了看表：已经快十点了。没必要再去奇乔·阿尔巴内塞家了，他也没心思吃斑纹羊鱼了。这个时候奇乔一家肯定吃过饭了。不过，他也不觉得饿，肠子已经打结了。

他一回到家就打电话给奇乔。奇乔说他们等了他很久，最后才意识到他不会来了。

"有空再解释水流方向的事情给你听。"他说。

"谢谢你，奇乔。"

"如果你方便，我明早带着航海图去警局找你，我明天不出海。"

"好。"

※

他洗了很长时间的澡，想要把今天看到的一切都冲洗掉。他感觉这些场景已经刻在他的脑中，像一个个不可见的碎片渗入每一个毛孔。他随手拿起一条裤子穿上，走到客厅给利维娅打电话。他正要拨出去时，电话响了。他猛地把手缩回来，就像碰到了火一样。这个本能性的、不由自主的举动证明，即使洗澡这么久，他在码头看到的一切仍在脑海深处翻腾，让他神经紧张。

"嗨，亲爱的。你还好吗？"

一瞬间他感到自己如此需要利维娅陪在身边，可以抱抱她，被她抚慰。然而蒙塔巴诺向来我行我素，他只是简单地答道：

"嗯。"

"感冒好了吗？"

"嗯。"

"全好了？"

他本应该察觉到利维娅在给他设陷阱，可是他此刻神经太紧张了，脑子里充斥着别的想法。"全好了。"

"这么说英格丽照顾得很周到。跟我说说她怎么做的。她把你扶到床上去？然后把被子掖好？是不是还给你唱了摇篮曲？"

蒙塔巴诺就像傻瓜一样直直地步入了陷阱，他能做的只有反击："听着，利维娅，我今天真的很累。我现在特别累，没有心思去……"

"所以你真的非常非常累？"

"是。"

"你怎么不打电话叫英格丽来帮你振作起来？"

他向利维娅主动出击的时候从没赢过，也许防守反击会好些？

"你怎么不来？"

他本是想用这句话反击，但语气里充满真诚，利维娅猝不及防，心软了下来。

"你想让我去？"

"对。今天星期几了，星期二？行，明天，明天你上班的时候申请提前休假，然后坐飞机过来。"

"你知道的，其实我想……"

"没有其实。"

"噢，萨尔沃，但愿我能做得了决定……我们这几天非常忙。不过我会试试看。"

"这些天发生了很多事，我想先告诉你今晚发生了什么。"

"说吧，现在就告诉我。"

"不，我想看着你的眼睛跟你说。"

他们又打了半个小时的电话，却还是觉得不够。

※

可是，因为这个电话，蒙塔巴诺错过了自由频道的深夜新闻。

不过，他还是打开电视，调到了维加塔频道。

第一条新闻是：西西里东部斯科罗戈里蒂一艘大船在恶劣天

气影响下触礁，船上载满想要移民西西里的乘客，已有一百五十名乘客在维加塔登岸。截至目前，十五人已恢复健康。

但播报员称，预计受害人数仍会攀升——这个词如今大多用于股票行业。

电视上还播放了当时的视频场景：数具溺亡者的尸体，脑袋和双臂都摇摇晃晃地挂着，还有几具孩子的尸体，破破烂烂的毯子已经无法再温暖他们冰冷的尸体；施救人员痛苦的表情；人们疯跑着，等待着救护车；还有一位神父跪在地上祈祷。令人沮丧的场面。可他是在为谁祈祷呢？蒙塔巴诺问自己。一个人看过越多这样不同却又相似的悲剧，就会越麻木。看着他们，说一声好可怜，然后继续冷静地吃着意面。

接着，评论员皮波·拉贡涅丝愠怒的脸出现在屏幕上。

"为了防止类似的事情再次发生，出于本能及人道精神，我们必须采取行动应对寒冷天气，不再使一人因此失去生命。我们必须注意到一个简单的事实：虽然我们的岛上每天都会有一些绝望的、不受法律保护的人登岸，而且数量无法控制，我们的基督教精神也绝不能因此而改变。事实上，这样的人对我们、对意大利、对整个西方世界都是一种威胁。无论反对者说什么，《可兹·皮尼法案》是我们抵制侵入的唯一堡垒。接下来有请知识渊博、受人尊敬的议会议员森佐·法尔派，听听他对此事的看法。"

只要有新闻出现，法尔派一定想尽办法出现在荧屏上，以让全世界知道没有人能比他更会抢风头。

"我只讲几句话。事实证明，《可兹·皮尼法案》是完善的。

如果移民者死亡，正是因为有了这部法律，我们才能第一时间起诉人贩子，控告他们毫无良知地把绝望的人扔在这里，逃避拘捕。另外，我还想说……"

蒙塔巴诺一下子跳起来换了台，与其说是愤怒，不如说是因为对这些自以为是的愚蠢论调感到万分沮丧。他们自以为是地相信能够通过警察和法律，阻止这场历史性的移民潮。他回想起那时在托斯卡纳的一个小镇上，他看到一间教堂大门上挂着铰链，铰链向外扭曲，是困在教堂里想要出去的人们撞门的强大力量所致。当他向镇子的一个人询问这是怎么回事时，那人对他说，在二战期间，纳粹把镇民都关进教堂，锁上门，还向里面扔手榴弹。人们在绝望之下，用尽全力撞开了门，很多人都得以逃生。

如今这些人从世界上各个混乱贫穷的地方涌来，在绝望之下，他们的力量足以使历史的铰链向着他们希望的方向扭曲。什么可兹·皮尼，法尔派，还有那些公司，它们是这些灾难的罪魁祸首，也因此被拖入灾难的漩涡。因为它们，这个世界如今满目疮痍，恐怖分子撞了一次大楼就炸死了三千美国人，还有数千美国公民因为"附带损害"而丧生，车轮碾过行人却从不停车施救，母亲没有任何缘由就能扼死襁褓中的婴儿，孩子们居然为了钱残忍地杀害父母兄弟，各种虚假的资产负债表满天飞——因为在新法则中这种行为不再属于欺诈，那些过去本应被扔进监狱的人，如今不仅逍遥法外，还在修订法律，支配法律。

为了分散注意力，缓解紧张情绪，蒙塔巴诺一直不停地换台，直到调到一个播放帆船竞赛的频道才停下来。两艘帆船开得飞快，并驾齐驱。

"星尘号和仙境号，劲敌之间这场期待已久的激烈竞赛即将终结，但我们仍难断定在这场精彩的竞技赛中谁会赢到最后。浮标处的转弯必定会起到决定性的作用。"

上空有一架直升机跟踪拍摄，还有十几只帆船紧随其后。

"到达浮标了！"播报员大喊。

开在前面的船开始转弯，在掉头之前尽可能贴近浮标绕行。

"可是星尘号呢？"播报员有点紧张，"肯定出什么事了。"

很奇怪，星尘号并没有转弯的迹象，只是径直地向前开去，速度比之前还快，船尾带起一股风浪。莫非根本没看到浮标？接着，闻所未闻的事情发生了。显然她是失控了——或许方向盘卡住了——星尘号直直地撞上了一艘前面停着的拖网渔船。

"天啊！她撞击了渔船侧面！两艘船都开始往下沉！快来人啊！我的天！看起来没人受伤。相信我，朋友们，我播报帆船竞赛这么多年，从来没有遇到过这样的事情！"

播报员开始笑。蒙塔巴诺也被逗笑了，接着关了电视。

※

他迷迷糊糊地睡着了，每做一个梦就会醒来，睡得并不踏实。有一个梦特别深刻：他和帕斯夸诺医生在一起，还要对一只章鱼进行尸体解剖。

大家都不觉得奇怪，帕斯夸诺和助手像往常一样进行这场章鱼的尸体解剖。只有蒙塔巴诺觉得很不正常。

"打扰一下，医生，"他说，"什么时候我们开始解剖章鱼了？"

"你不知道吗？这是司法部的新方针。"

"哦。然后呢，解剖完的章鱼怎么办？"

"拿给穷人吃。"

蒙塔巴诺有点怀疑，"我不懂新方针的意图。"

帕斯夸诺盯了他一会儿，说："因为事情并不像表面看起来那样。"

蒙塔巴诺记得医生对于在水中发现的那具尸体说过相同的话。

"想看吗？"帕斯夸诺问道，挥动着他的手术刀，然后划下来。

突然，那个章鱼变成了一个小孩，一个黑人小孩。当然，他已经死了，可眼睛仍瞪得很大。

※

第二天早上，蒙塔巴诺刮胡子时，前一晚在码头发生的事又萦绕在他的脑中。一点点地，他瞪着眼睛回忆，开始感到不安和困扰。有些事情有点出入，许多细节相互碰撞排斥。

他固执地回想脑中的影像，试图让它们统一起来。然而没用。他迷失了。一定是年纪大了的缘故。他以前一直都可以找到那个分歧点的，整幅画面中的分歧之处，从没失败过。

还是别想了。

5

一早刚到办公室，蒙塔巴诺就叫来了法齐奥。

"有什么消息吗？"

法齐奥有点吃惊："警长，还早呢。我现在只是在做初期工作。我查看了失踪人口报告，维加塔和蒙特鲁萨的都看过了。"

"干得好！"蒙塔巴诺的语气略带嘲讽。

"您为什么挖苦我？"

"你以为那个人是一早出去游泳，在回家路上溺亡的？"

"没有，我也查问了局里的情况。问了一圈儿，好像没人认识他。"

"你拿到他的资料了吗？"

"是的，警长。年龄约四十岁，身高 1.92 米，黑色头发，眼球呈棕色，身形健壮。身体明显伤痕包括左腿膝盖下方的一处旧枪伤，可能跛脚。就是这些。"

"没什么新发现。"

"是的。所以我决定做些什么。"

"你做什么了？"

"哦，知道您不太喜欢阿克医生，我就去了法医科找一位朋友帮忙。"

"帮什么呢？"

"我让他对这个人生前的样貌做一个电脑素描图。今晚应该就能拿到。"

"听着，就算刀架在我脖子上，我也不会找阿克帮忙。"

"别担心，警长。这是我和朋友之间的秘密。"

"这段时间你准备干什么呢？"

"继续工作。我还有一点零碎的事情要处理，之后我打算开车沿海岸线向东向西巡逻，巡查一下小镇。有任何消息我会第一时间向你报告。"

法齐奥刚出去，门就砰的一声被撞开了。不过蒙塔巴诺并不感到吃惊，他知道来人是坎塔雷拉。坎塔雷拉一直都是这样进他的门。他能怎么办？毙了他？把办公室的门一直开着？他只能忍着。

"我错了，警长。手滑了。"

"进来吧，坎塔。"

他的语气像极了的瑞格兄弟那句经典台词：进来吧，白痴。

"警长，今天早上有一个记者打电话说要见您，我只是想告诉您他说会再打来的。"

"他说了叫什么名字吗？"

"本丢·彼拉多。"

是他期望太高了吗？还指望坎塔雷拉能有一次念对别人的名字。

"听着，坎塔。如果彼拉多先生再打来，告诉他我正在最高法院跟该亚法一起开一个紧急会议。"

"您说的是该亚法吗？警长，我一定能记牢！"

坎塔雷拉还站在门口没走。

"怎么了，坎塔？"

"昨天晚上我看到您上电视了。"

"你每天在做什么，坎塔？闲着没事看我上电视？"

"不是，警长，只是偶然看到的。"

"看到什么？我的裸体重播？收视率一定很高！"

"不是的，警长，您穿戴整齐。我在自由频道的深夜新闻看到的。当时您在码头上，跟两个警察说让他们回去，你自己会解决好的。警长，太酷了！"

"行了，坎塔，谢谢你。你可以走了。"

蒙塔巴诺有点担心坎塔雷拉——他的性取向没问题，只是担心如果自己像"我心意已决"那样辞职，坎塔雷拉肯定会很难过，就像一条被主人遗弃的小狗。

※

大约十一点半，奇乔·阿尔巴内塞来了，两手空空。

"你没带航海图吗？"

"我把航海图拿给你看，你能看懂吗？"

"不懂。"

"所以我干嘛要带？我亲口跟你解释更好。"

"我想问件事，奇乔。你们渔船船长出海都会携带海图吗？"

奇乔斜眼看了他一眼。

"你在开玩笑吗？在工作航线上，我们对范围内的海域了如指掌。有些是从父辈那里继承的，有些是自己积累的经验。说到新科技的话，我们也会看雷达导航。但海还是那片海。"

"那你为什么会用海图呢？"

"我也不用，警长。我研究它纯是因为爱好。出海的时候我不带海图。我喜欢凭经验判断。"

"那你要告诉我什么呢？"

"首先，我要告诉你今早来见你之前，我去见了斯泰凡努。"

"不好意思，奇乔，可是我不……"

"斯泰凡诺·拉格米纳，不过我们都叫他斯泰凡努。他已经九十五岁了，可是脑子还很好使。斯泰凡努现在不出海了，但他是维加塔资格最老的打渔人。还没有机动渔船那会儿，他就开着一条三角帆船。他说的话就是真理。"

"所以你想咨询一下他？"

"对。我想确认一下自己的直觉是对的，斯泰凡努同意我的说法。"

"那你的结论是什么呢？"

"我的看法是这样的：我们都知道，这个人是随表层水流漂来的，水流方向由东向西，流速稳定。从马里内拉算起，你发现尸体的地方是这股水流最靠近西西里海岸的区域。听得懂吗？"

"没问题。继续。"

"这股水流流速较慢。你知道航速是多少节吗？"

"不知道，我也不想知道。偷偷告诉你，我甚至不知道一英里是多少节。"

"好吧，一英里等于 1851.85 米。当然，这是意大利的算法，因为在英国……"

"换个话题吧，奇乔。"

"不管怎么说吧，警长。我说了，这股水流从很远的地方来，不属于本地海域。给你一个大概的概念吧，我们一路能沿着水流到鲁塞罗海角。这里是水流进入意大利海域的入口，接着水流涌上玛萨拉海岸，之后继续向前流去。"

"就是这样！很明显，这就意味着，尸体可能是从西西里岛南岸任何一个地方被扔进海里的。"

阿尔巴内塞看到蒙塔巴诺有些沮丧，想要安慰他："我知道你在想什么。但有些要事要告诉你，这股水流快到达比安科那拉时，被另一股相反方向的强水流切断了。所以如果尸体是从帕奇诺那边来的，那他不可能到马里内拉，因为第二股强水流会把他带到菲拉海湾。"

"也就是说，我发现的这具尸体肯定是比安科那拉之后的地方扔下海的。"

"没错，警长。你已经全听懂了。"

这样的话，调查范围就缩小到了六十多千米的海岸线。

"现在我要告诉你，"阿尔巴内塞继续道，"我也跟斯泰凡努说过被你发现的尸体的状况。我自己的判断是：这个男人死亡至少两个月了。你同意吗？"

"同意。"

"所以我说：一具尸体不可能两个月才从比安科那拉漂到马里内拉。考虑到海水流速和其他因素，这个过程最多十天半个月。"

"所以呢？"

奇乔·阿尔巴内塞站起身来，向蒙塔巴诺伸出手。

"这就不是我要回答的问题了。我只是个海员。接下来就靠你了，警长。"

完美的角色转换。奇乔不想涉险其他领域。蒙塔巴诺能做的只有谢谢他，然后把他送到门口。奇乔走后，他叫来了法齐奥。

"你有本省的地图吗？"

"我去找一张。"

法齐奥找来地图后，他看了一眼，说："有个好消息。根据奇乔·阿尔巴内塞提供给我的信息，我可以告诉你，需要确认身份的那具尸体确定是从比安科那拉到马里内拉这段海岸被扔下海的。"

"所以呢？"法齐奥看起来有些困惑。

"'所以呢'是什么意思？这大大缩小了我们的调查范围！"

"警长，每个人都知道水流是从比安科那拉开始的！您不会以为我会从这里一直问到菲拉吧！"

"好了，好了。事实上，你只需要去五个镇子查问。"

"五个？"

"对，五个。你可以看着地图自己数一数。"

"警长，这里总共是八个镇。除了这五个，还得加上斯皮高内拉、特里卡塞和贝拉维斯塔。"

蒙塔巴诺顺着地图往下看，又往上看。

"这是去年的地图。为什么这几个镇不在地图上。"

"因为这几个镇还没经过批准。"

"没经过批准？那也可能镇子里最多就四户人家。"

法齐奥摇摇头打断了他。

"不是的，警长。这三个是镇子，货真价实的。镇上的房主会把地产税交到最近的市政府。镇上有下水道、自来水，通电也通话，而且一年比一年大。所有人都知道，这些房子是不会被拆除的，因为那些政客需要他们的选票。你知道我的意思吗？所以最后他们得到了赦免和批准，皆大欢喜。更不用说这些房子和小屋全都修在海滩边上了！甚至还有四五家安了门禁。"

"出去！"蒙塔巴诺有点沮丧地命令道。

"嘿，警长，这可不能怪我啊，"法齐奥转身出去了。

※

快到中午时，蒙塔巴诺接到了两通电话，更加重了他的坏心情。第一个是利维娅，她说不能提前休假来看他。第二个是帕斯夸诺的助手哈可贝罗。

"是您吗？警长？"他直接问道。

"嗯，是我，"蒙塔巴诺说道，下意识地压低了音量。

两人像是在密谋似的。

"很抱歉这样跟您说话，但我不希望同事听到我们的谈话。我想告诉您，米斯特瑞塔医生把尸检的时间改到了今天早上，而且他认为这个人是意外溺亡的。也就是说，他不会去做帕斯夸诺希望做的化验。我试图说服他改变主意，但是做不到。如果您当初跟我打赌，您就赢了。"

现在怎么办？如果他按照官方程序走该怎么办？根据谋杀的相关法律，米斯特瑞塔这个白痴的报告排除了做任何调查的可能。而且，现在蒙塔巴诺手头连失踪人口报告都没有。什么都没有。现在，那具尸体什么都不是。然而，蒙塔巴诺会一直不断地想起那具无名尸体。这是肯定的，因为在那个寒冷的早上，这具尸体漂到了他的面前。

※

吃饭时间到了。好吧，可是去哪儿吃呢？蒙塔巴诺预感他的世界就要开始坍塌。在 G8 会议结束还没到一个月，他的预感就得到了验证——丰盛的午饭后，一手打理圣卡罗杰洛餐厅的老板卡罗杰洛说，虽然很不情愿，但他要退休了。

"你在耍我吗，卡尔？"

"不是的，警长。您知道的，我已经七十三岁，做过两次搭桥手术了，活不了几年了。医生劝我颐养天年。"

"那我怎么办？"蒙塔巴诺脱口而出。

蒙塔巴诺突然感觉自己委屈得像低俗小说里的主人公，像是被人诱骗怀孕后又被抛弃、赶出家门的女孩儿，或像是那个在雪中卖火柴的小女孩，又像是在垃圾堆中翻找食物的孤儿……

卡罗杰洛绝望地伸出手。他说出那句话时，糟糕的一天到来了："明天别来了。我要关店了。"

他们互相拥抱，几近哽咽。然后，蒙塔巴诺的苦日子就来了。接下来的日子，蒙塔巴诺尝试了五六家大小餐厅，都没相中。老实说，他们的饭菜也不都那么难吃，只是都没有卡罗杰洛餐厅那种熟悉的味道。有一段时间，他只能回家吃饭。可是阿德莉娜一天只给他做一顿饭，于是问题就来了：如果阿德莉娜给他做午饭，那么晚上他就只能靠小块奶酪、橄榄油、沙丁鱼或萨拉米腊肠解决；而如果阿德莉娜给他做晚饭，就意味着午饭得靠这些解决。这也并非长久之计。他又外出寻觅，在鲁塞罗海角找到了一家好吃的餐馆。餐馆就在海滩上，饭菜味道还行，价钱也不贵。问题是，开车到那里、吃饭、再回来，至少要三个小时，他不是总有这么多时间的。

※

这天，他决定去米米推荐的一家餐厅试试。

"你去那儿吃过？"蒙塔巴诺问道，他对米米的味觉表示怀疑。

"当然没有了，不过我的一个朋友比你还挑剔，他说那里的饭菜好吃。"

它叫恩佐餐厅，在上坡，所以蒙塔巴诺决定开车去。整个餐厅从外观看起来是一个金属板房；餐厅紧挨着的那个房子一定是厨房。整个餐厅像是临时搭起来的，蒙塔巴诺挺喜欢这种感觉。他走进去，找了张空桌子坐下。一个蓝眼睛、瘦瘦的男人正在看着两名服务员干活，大约有六十岁了。他走到蒙塔巴诺面前，什么都没说，面带微笑。

蒙塔巴诺疑惑地看着他。

"我早知道。"那位老人说。

"你早知道什么？"

"吃遍了周围的馆子，您就会来这儿的。我在等您。"

显然，整个镇子都知道他常去的餐馆关门后他有多难挨了。

"好的，我现在来了，"蒙塔巴诺淡淡地说道。

他们互相深深地看了一眼。OK牧场枪战（1881年发生在美国亚利桑那州的一次著名枪战）即将打响。

恩佐叫来了一名服务员："给蒙塔巴诺警长整理一下桌子，照应着餐厅。我亲自下厨。"

前菜咸章鱼带着浓浓的海水味，入口即化。墨鱼汁意大利面的味道可以与卡罗杰洛的手艺相比。用鳎鱼、鲈鱼、乌颊鱼烤制而成的一道菜让蒙塔巴诺尝到了想念已久的味道。他的脑中开始响起醉人的音乐，是胜利进行曲。他在椅子上幸福地伸了个懒腰，做了个深呼吸。

在海中漫长而冒险的经历过后，奥德赛终于回到了家乡伊萨卡岛。

※

享受过短暂的用餐时光后，蒙塔巴诺回到车里，向港口开去。这个时候卖炒鹰嘴豆和南瓜子的店已经关门，没必要再去了。他把车开到码头，下车沿着码头散步。他遇到了那个经常来钓鱼的人，对方也向他挥挥手。

"有鱼上钩吗？"

"就算你想买，也还没鱼上钩。"

走到灯塔下的那块石头旁时，蒙塔巴诺坐了下来，点了一根烟开始享受。抽完后，他把烟头扔进了海里。海水带着烟头流过他坐的那块石头，又退回去。蒙塔巴诺突然产生了一个想法。如果把那个烟头想象成人的尸体，他就不会绕过那些石头，而是会直接撞上去，虽然撞得不会很重——就像奇乔·阿尔巴内塞说的那样。抬起眼，他看到自己的车停在不远处的码头。他发现停车的地方正是那天他和黑人小男孩站着的地方，他的妈妈还弄伤了自己的腿。蒙塔巴诺站起来，开始往回走。他想知道整件事现在是什么情况。那位母亲肯定腿上绑着石膏，在医院里休养。

一回到办公室，他就打电话给理古乔。

"噢，天啊，蒙塔巴诺，真是太抱歉了！"

"怎么了？"

"我忘记还眼镜了。我完全忘了这回事！这里太吵了……"

"理古乔，我不是叫你还眼镜的。我想问你件事。那些病患、伤者和孕妇送到哪间医院了？"

"可能送到蒙特鲁萨三家医院其中的一家，或者……"

"等一下，我只想知道昨天救上岸的那些人在哪里。"

"稍等。"

显然，理古乔要查看一下记录再回答他。

"在这儿，圣格雷戈里奥医院。"

蒙塔巴诺告诉坎塔雷拉他要出去一个多小时，然后就开车到一家便利店买了三板巧克力，去了蒙特鲁萨。圣格雷戈里奥医院不在市区，但从维加塔过去很方便，二十分钟就到了。他下车走进医院，问了一下去骨科病房怎么走，接着乘电梯上了三楼，问了问遇到的第一个护士。

他告诉护士自己是来看望一位从欧洲以外某国移民来的黑人妇女，她前一晚在维加塔登岸时弄伤了腿。为了说服她，蒙塔巴诺还解释说，这位妇女带了三个孩子。护士看起来有些惊讶。

"您可以等一下吗？我去查一下。"

大概十分钟之后，护士回来了。

"我想得没错。我们医院没有弄伤腿的黑人妇女，倒是有一位是弄伤了胳膊。"

"我能见见她吗？"

"不好意思，请问您是哪位？"

"警长蒙塔巴诺。"

护士上下打量着他，马上就确信了站在她面前的是一位警察，因为她直接说道："请跟我来。"

可是这位胳膊受伤的移民妇女并不是黑人，只是皮肤看起来黝黑。而且，她是个漂亮、苗条的年轻姑娘。

"是这样，"蒙塔巴诺有点慌乱，"我昨天晚上亲眼看着几个紧急医护人员抬着她上了一辆救护车……"

"那您为什么不去急诊室看看呢？"

对啊。或许医护人员搞错了，那位妇女并没有骨折。或许她只是扭伤，不需要住院。

蒙塔巴诺去了急诊室，然而急诊室的三个当值男医生都不记得前一晚送进来一个带着三个孩子、腿部受伤的黑人妇女。

"谁是昨晚的值班医生？"

"门多拉医生。但他今天休假。"

半是打听半是责怪，蒙塔巴诺终于要来了那个医生的电话号码。他打电话给这位门多拉医生，对方很客气，可是他也没有见过一位腿部受伤的黑人妇女，甚至连扭伤的都没有。

刚走出医院大厅，蒙塔巴诺就看到了几辆停着的救护车。一些穿白大褂的人站在那里说话。他走近，认出其中一个瘦瘦的、留着胡须的人就是昨晚那个医生。对方也认出了他。

"昨晚我们见过，对吗？"

"是的。我是蒙塔巴诺警长。你把那个带着三个孩子的妇女带到哪了？那个腿受伤的？"

"带到这里的急诊室了。不过我判断错了，她的腿没有受伤。事实上，虽然有点困难，但她是自己下了救护车，我看着她进了急诊室。"

"你怎么不陪着她？"

"警长，当时我们接到了从斯科罗戈里蒂打来的紧急电话，说那里有大批伤患。怎么，您找不到她吗？"

6

在太阳光下，理古乔看起来脸色苍白，胡子拉碴，还有很重的眼袋。

蒙塔巴诺有点担心他："你病了吗？"

"我很累。我们都干不动了。每天晚上都有船来，每天晚上都有二十到一百五十个不等的非法移民要登岸。局长去罗马说明情况，要求多加派人手。希望好运吧！或许他会带回来一些动听的承诺。你来是要做什么？"

蒙塔巴诺告诉他那个黑人妇女和三个孩子不见了的事情时，理古乔一声不吭。他只是从桌子上堆积如山的报告中抬起头来，看着蒙塔巴诺。

"慢慢来，这是你的工作，"蒙塔巴诺不自觉说道。

"那么你觉得我该怎么做？"理古乔不假思索地反问。

"呃，我不知道，调查一下，发个公告……"

"你会对这些可怜人做不利的事情吗？"

"我？"

"对，你。看起来你想要骚扰他们。"

"骚扰他们？我？你才是政府说什么都赞成的那个人呢！"

"并不总是这样。有的时候我同意，有时我反对。听着，蒙塔巴诺，我每个周末都去教堂做礼拜是因为那是我的信仰。仅此而已。现在我告诉你那晚的事情是怎么回事，这已经不是第一次了。那个女人，你看到的那个，只不过是利用你而已，不光是你，还有那个救护人员。"

"你的意思是，她是个骗子？"

"对，没错。她只是在演戏。她选择去急诊室，是因为可以来去自由。"

"可是为什么？她有什么隐情吗？"

"或许吧。在我看来，她是某些违法家庭的一员。"

"什么意思？"

"几乎可以肯定，她的丈夫是一个无法在当地黑人市场找到工作的非法移民。而且他可能是通过蛇头把全家弄到了这里。如果这个女人要走法律程序，那她就会暴露丈夫在意大利是个非法移民的事实。根据新法律条例，他们会全部被驱逐出境。所以现在他们找到了一条捷径。"

"我明白了。"蒙塔巴诺说。

他把夹克口袋里的三板巧克力拿出来，放在了理古乔的桌子上。

"我还买了巧克力给那三个孩子。"他喃喃自语。

"我会带给我儿子吃的。"理古乔边说边把巧克力放进了口袋。

蒙塔巴诺疑惑地看了他一眼。他知道理古乔结婚六年，已经放弃要孩子了。理古乔知道蒙塔巴诺在想什么，他说：

"特里萨和我从布隆迪领养了一个小男孩。对了，我差点忘记了。眼镜还给你。"

※

坎塔雷拉正在看电脑消磨时光，一看到蒙塔巴诺，就放下一切向他跑来喊道："啊，头儿，头儿！"

"你在用电脑做什么？"蒙塔巴诺说。

"哦，这个吗？法齐奥让我做个身份鉴定。就是警长您在游泳的时候遇到的那个男人。"

"很好。你想跟我说什么？"

坎塔雷拉有点慌乱，低头盯着自己的鞋子。

"嗯？"蒙塔巴诺问道。

"对不起啊，警长，我忘了。"

"没事，等你想起来……"

"我想起来了，警长！本丢·彼拉多又打电话来了！我跟他说了您吩咐我的话，说您在和该亚法和萨姆·哈德林开会，但是他好像没听懂，让我告诉您，他有事情要跟你说。"

"行，坎塔。如果他再打来，你让他把事情告诉你，然后你说给我听。"

"不好意思，警长，我有点好奇。本丢·彼拉多不就是那个家伙吗？"

"哪个家伙？"

"以前很爱洗手的那个家伙？"

"没错。"

"所以他是别人说的那个娘炮吗？"

"他打电话来的时候，你可以自己问他。法齐奥在吗？"

"是的，警长。他刚回来。"

"叫他来见我。"

※

"我能坐下吗？"法齐奥问，"尽管我很尊重您，但我的脚已经走麻了。这还是刚开始。"

他坐下来，从外套口袋里拿出一小叠照片递给蒙塔巴诺。

"我法医科的朋友刚刚给我送来的。"他说。

蒙塔巴诺看了照片。照片上是同一个人，四十岁左右，一边留着长发，另一边是平头，留着半边胡子。但所有照片都没有任何特点，脸色黯淡无光，眼神里没有任何神采。

"还是个死人。"蒙塔巴诺说道。

"不然呢，您希望这些照片能让他死而复生？"法齐奥说道。"这是他们能做到最好的程度了。您还记得那个家伙的脸已经是什么样子了吗？对我来说，这已经是帮了大忙了。我把照片给了坎塔雷拉，跟图片库做比对，不过这是一件很耗时、很烦人的事情。"

"我认为确实如此。但你看起来有点失落。发生什么了？"

"发生什么了！警长，我已经做的工作、将要做的工作，可能都是白费。"

"为什么这么说？"

"我们已经沿着海岸搜寻了几个镇子。但是谁能保证这个人不是在内陆的镇子被杀死，用卡车拉到海滩，然后扔进海里呢？"

"我不这么认为。通常人们在乡下或者内陆城镇杀了人，会把尸体扔到井里或者埋进峡谷底下。不管怎么说，有什么东西在妨碍我们沿着海岸查看城镇吗？"

"是我可怜的脚啊，警长。"

※

上床睡觉前，蒙塔巴诺给利维娅打了电话。她因为自己不能来维加塔而有些闷闷不乐。蒙塔巴诺明智地选择静静听着她发泄，时不时清清嗓子，让她知道自己在听。接着，她继续问道：

"所以，你想跟我说什么呢？"

"我？"

"对啊，萨尔沃。那天晚上你跟我说有事情跟我说，而且想等我到那儿再说。现在我去不了了，你必须在电话里把所有事都告诉我。"

蒙塔巴诺骂了一句自己这张快嘴。如果他能当面跟利维娅说起那个想要在码头上逃跑的小男孩，他就可以斟酌语句、语调、动作，免得利维娅感到悲伤。即使她的情绪有细微波动，他都能知道如何把握对话的发展方向。可是现在，在电话里……他试图做最后的挣扎。

"你知道吗？我真的忘了要告诉你什么了。"

他马上咬了咬舌头，这是说什么蠢话。即使是隔着上万千米的距离，利维娅也能从电话里马上听出来他在撒谎。

"别隐瞒了，萨尔沃。快点，告诉我。"

蒙塔巴诺整整说了十分钟，整个过程感觉像在走雷区。利维娅一次都没有打断他，也没做任何评论。

　　"……所以，我的同事理古乔断定，这是一出戏，目的是一家团圆。就像他说的，他们成功了。"蒙塔巴诺总结道，擦了擦前额的汗。

　　听到这个大团圆结局，利维娅也没有任何反应。蒙塔巴诺开始担心："利维娅，你还在听吗？"

　　"是的，我在想。"语气很坚定，没有一丝沙哑。

　　"想什么？没什么好想的。这只是一个平常的小故事，一点都不重要。"

　　"别说废话了。我明白你为什么想当面告诉我。"

　　"别这样，你的脑子里在想什么。我没有……"

　　"没关系。"

　　蒙塔巴诺屏住呼吸。

　　"当然，这很奇怪，"等了一会儿，利维娅说道。

　　"什么很奇怪？"

　　"这对你来说很平常吗？"

　　"如果你不告诉我你在说什么……"

　　"那个小男孩的行为。"

　　"你觉得这很奇怪？"

　　"没错。为什么他试图逃跑？"

　　"想象一下当时的场景，利维娅！那个男孩当时很恐慌。"

　　"我不这么认为。"

　　"为什么？"

"因为如果这个男孩感到惊恐，他会跟在母亲身边，紧紧抓着她的裙子，抓住一切他能抓到的东西，就像另外两个孩子那样。"

她说的没错，蒙塔巴诺对自己说。

"他当时投降，"她继续说道，"不是向敌人，也就是不是向当时的你投降，而是向当时的情况投降。他很清醒，明白自己无路可逃。与惊恐恰恰相反。"

蒙塔巴诺说，"你是不是要告诉我，那个男孩想要利用当时的情况从母亲和兄弟姐妹身边逃走？"

"如果事情如你所说的那样，那我想说，是的。"

"可是他为什么那样做呢？"

"这个我不知道。也许他想回到父亲身边，这或许是个合理的解释。"

"所以他决定逃到一个完全未知、语言不同、没有同伴、无人帮助、自己一无所有的国家？那个孩子才六岁！"

"萨尔沃，那些孩子……他们看起来只有六岁，可是有过那样的人生经历，他们已经成熟了。经历了饥荒、战争、屠杀、死亡和恐惧，人会迅速成长。"

这也是事实，蒙塔巴诺对自己说。

※

他一手拉起被子，另一只手撑着靠在床上，抬起左腿，僵住了。他的脊椎一阵发凉，当时的场景一下子全涌入脑袋了：那位母亲跑来时，那个小男孩看他的那个眼神。当时，他没有看懂那个眼神。如今和利维娅交谈后，他懂了。那个小男孩是在求他。那个眼神是在告诉他：求求你了，让我走吧，让我逃走吧。此时此刻，他已经快要睡觉了，却因为当时没能读懂小男孩的眼神感到十分内疚。他老了。虽然不想承认，但这是事实。他怎么没明白呢，用帕斯夸诺医生的话说，事情不像表面看到的那样。

※

"警长？有电话找您，是蒙特鲁萨的圣格雷戈里奥医院的一位护士打来的……"

坎塔雷拉怎么了？他居然说对了医院的名字。

"她想做什么？"

"她想跟您进行私人通话。她说自己叫阿加塔·米丽特罗。把电话接进来吗？"

"嗯。"

"蒙塔巴诺警长吗？我是阿加塔·米丽特罗……"

奇迹！她真的叫阿加塔·米丽特罗。坎塔雷拉怎么可能一次把两个名字都说对了。

"我是圣格雷戈里奥医院的一名护士。听说您昨天来看望一位带着三名幼童的黑人母亲，却没找到她。我见过这位母亲。"

"什么时候？"

"前天晚上。他们开始从斯科罗戈里蒂带回伤者后，医院叫我回来上班。那天我休假。因为我就住在附近，所以通常走路上班。好吧，这些跳过。我快走到医院时，看到那个女人拉着三个孩子向我这个方向跑来。她快跑到我面前时，一辆车子开过来、急刹车停下了。驾驶座上的一个男人叫那个女人上车，他们都上车后，车就很快开走了。"

"我想问您一些听起来有些奇怪的事情，但在回答之前请努力回想。您注意到什么不寻常的事情吗？"

"比如呢？"

"呃，怎么说……或许，那个最大的男孩子上车前有没有试图跑掉？"

阿加塔·米丽特罗仔细地想了想说："没有，警长。最大的那个孩子是第一个上车的，他母亲把他推上车的。接着是另外两个孩子，最后那个女人自己上了车。"

"您看到车牌号了吗？"

"没有。我没看到车牌，当时也没有理由看车牌。"

"的确。谢谢您的来电。"

这位护士的话让他确认了整件事。理古乔是对的。这只是为了团聚演出的一场戏。即使是那个最大的孩子也想和家人重聚，所以没有逃走。

※

砰的一声，门被撞开了，蒙塔巴诺闻声从椅子上跳起来。一块墙皮被震了下来，这面墙不到一个月前刚刚重漆过。蒙塔巴诺看到坎塔雷拉一动不动地站在门口。这回他没有再说什么手滑了。此时他的脸色真应该配上胜利进行曲。

"什么事？"蒙塔巴诺问道。

坎塔雷拉挺了挺胸膛，吐出一口粗气。米米慌慌张张地从隔壁跑来，问道："发生什么了？"

"我找到他了。我确定身份了！"坎塔雷拉高喊，走到桌前，放下一张放大的照片和电脑打印的资料。

放大的照片上和文件左上角这个小照片好像是同一个人。

"能解释一下吗？"米米·奥杰洛问道。

"当然，警长，"坎塔雷拉自豪地说。"这张放大照是法齐奥给我的，是那天警长游泳的时候遇到的那个死人。文件上的是我自己找到的。警长您看看，是不是长得一模一样？"

米米绕到蒙塔巴诺那一边，弯下身仔细看看那张照片。接着他给出了自己的判断："没错，两张照片看起来是很像，但不是同一个人。"

"不，奥杰洛警长，您多虑了。"

"怎么说？"

"放大的这张照片不是真人照片，是我们推断的那个人长相的图片。那只是个画像。您得允许其中有些偏差。"

米米走出办公室，质疑道："他们不是同一个人。"

坎塔雷拉一甩手，看着蒙塔巴诺，等着他下定论。两张照片的确相似，不容否认。或许也可以查查看。文件里这个人叫埃内斯托·埃雷拉，之前两年一直在逃，在科森扎和维加塔近郊犯了各种罪行，从入室盗窃到持械抢劫。为了节约时间，调查最好不走既定流程。

"坎塔，去找警长奥杰洛问问，我们在科森扎警方有没有认识的人。"蒙塔巴诺吩咐道。

不一会儿，坎塔雷拉回来了，说道："有，叫瓦迪阿托。"

真的是这个名字。这是坎塔雷拉今天第三次读对名字了，他创纪录了。今天是世界末日吗？

"给科森扎警局打电话，找瓦迪阿托，让我跟他通话。"

据说他们这位同事脾气不太好，这回真的验证了。

"怎么了，蒙塔巴诺？"

"我可能找到了你那边的一个逃犯，叫埃内斯托·埃雷拉。"

"真的？你别告诉我你已经抓住他了！"

他为什么这么吃惊？蒙塔巴诺感觉有什么不对劲，决定改攻为守。

"你在开玩笑吗？还好，我可能只是找到了他的尸体。"

"胡扯！埃雷拉死了快一年了，尸体就埋在这边的墓地里。这是他妻子的要求。"

蒙塔巴诺判断错了，有些沮丧。

"可他的案子还没有结案，妈的！"

"我们发了他的死亡公告。如果档案室没有结案，那不关我的事。"

他们没说再见就同时挂了电话。有一瞬间，他甚至想叫坎塔雷拉来，把从瓦迪阿托那里受的羞辱撒在他身上。不过他想了想，这怎么是可怜的坎塔雷拉的错呢？如果有错，也是他自己的过失，急功近利，没有相信米米的判断。突然，另一个想法瞬间让他有些退缩。几年前，他能轻易地说出谁对谁错吗？他会这么乐呵呵地承认过失吗？难道这不是成熟的标志吗？或者说得更直白些，衰老的标志？

※

"警长？拉特斯博士打来电话，要接进来吗？"

"当然。"

"警长蒙塔巴诺吗？你最近怎么样了？家人怎么样？"

"都还可以。有什么事吗？"

"局长刚从罗马回来，命令明天下午三点召开部门全体会议。你会来吗？"

"自然要去。"

"我把你的要求私下对局长说了。明天部门会议之后局长会见你。"

"谢谢你，拉特斯博士。"

这就是了。明天他会提出辞职。好好跟所有的事情告别，跟所有同事以及用坎塔雷拉的话说，那个游泳的死人告别。

※

晚上，蒙塔巴诺回到家后，打电话给利维娅说了那个护士的话，跟她说了自己的结论后，蒙塔巴诺认为利维娅应该能完全安心了，但利维娅怀疑地叹了一口气，说："我不确定。"

"耶稣啊！"蒙塔巴诺叹道。"你是真的不想让这件事过去了！事情这么明显你都不愿接受！"

"你是不是太轻信了。"

"这话是什么意思？"

"我是说，如果在过去，你会检验这个护士的话是真是假。"

在过去！蒙塔巴诺一听就火了。他现在怎么，老得掉渣了吗？

"我没有检验真假是因为，就像我说过的，这件事情一点也不重要。而且不管怎么说……"

他突然停住了，他的脑袋吱嘎一声停住了。

"接着说。"利维娅坚持要听。

该怎么做？找借口？说脑子里第一反应的那句蠢话？没错！利维娅肯定会抓住不放的！还是说实话的好。

"不管怎么说，明天我就会见到局长。"

"哦。"

"我会提出辞职。"

"哦。"

可怕的安静。

"晚安。"利维娅说。

她挂了电话。

7

一大清早蒙塔巴诺就醒了，却还赖在床上，睁着眼，盯着随着天色渐亮而逐渐清晰的天花板。从窗户透进来的微光清晰而稳定，云层飘过时也没有明暗的递变。今天天色肯定不错。这样就好。天气不好，事情不妙。有好天气，他会更加坚定不移地向局长解释为什么他要辞职。

辞职，这个词让他想起了刚成为警察时的一件事，那时他还没来维加塔……接着他想起了这件事……又想起了那件事……几乎一瞬间，他明白了为什么记忆的闸门忽然会打开。据说，当一个人奄奄一息时，生命中那些最重要的记忆会像放电影一样呈现在脑中。他现在是在经历同样的事吗？在内心深处，他是否把离职看作像死亡一样？

突然电话铃响，惊醒了他。他看了看表，已经八点了，他一点都没意识到。天啊，他已经经历了这么多事情！让一切随风吧！他起身去接电话。

"早上好，警长，我是法齐奥。我本来就要出去继续调查了……（蒙塔巴诺本想告诉他先别调查了，却没开口）……然后我听说您今天下午要和局长开会，我把需要您签的报告和一些其他材料都放在您桌上了。"

"谢谢你，法齐奥。还有其他事吗？"

"没有了，警长。"

因为他下午要早点去局长办公室，没有时间回家换衣服，所以一早就要穿戴妥当。他把领带塞进口袋，等适当的时候再系上——一早就系上领带对他来说真是折磨。

※

桌子上放的那厚厚一叠资料摇摇欲坠。如果坎塔雷拉撞门进来，这一叠资料就会像巴别塔一样坍塌。他一直埋头签了一个多小时文件，接着需要休息一下了。他决定出去抽根烟。站在人行道上，他把手伸进口袋里摸烟和火柴，可是什么都没有，应该是落在家里了。他只从口袋摸出一条领带，绿底红点。他马上把领带塞回口袋，看起来就像是刚偷了个钱包的小偷。哎呀！他怎么从衣柜里找出这么一条领带？塞进口袋的时候怎么没看到是这个颜色呢？他转身走回警局。

蒙塔巴诺边走回办公室边说："坎塔，问问有谁能借我一条领带。"

五分钟后，坎塔雷拉拿着三条领带回来了。

"都是谁的？"

"托雷塔的。"

"借眼镜给理古乔的那个家伙？"

"是的，警长。"

他挑了一条跟他的灰西装最不会冲突的领带。又签了一个半小时，他终于把厚厚的一叠文件签完了。他四处看看，想找那个平常放参会文件的公文包。他把整个办公室翻了个底朝天，妈的，还是没找到。

"坎塔雷拉！"

"到，警长！"

"你看到过我的公文包吗？"

"没有，警长。"

他肯定把公文包带回家，落在家了。

"问问办公室里谁有。"

"马上，警长。"

一会儿，他拿回了两个几乎全新的公文包，一个黑色、一个棕色。蒙塔巴诺选了黑色的。

"从哪儿找的？"

"托雷塔的，警长。"

这个托雷塔在警局里开起商店了吗？他想了一下要不要出去找托雷塔，接着还是觉得算了。这个时候，米米·奥杰洛进来了。

"给我根烟，"蒙塔巴诺说。

"我戒烟了。"

蒙塔巴诺看着他，感到很吃惊。

"是医生让你戒烟吗？"

"不，是我自己决定的。"

"我明白了。改抽可卡因了？"

"你胡说什么呢？"

"不是胡说，米米。最近政府对吸烟通过了很严格的法律，让烟民们很困扰，又是在模仿美国。可是与此同时，法律对吸可卡因的人却越来越放任不管。毕竟，每个人都用可卡因，副部长、政客、商人……事实上，如果你吸烟，旁边的人会控告你迫使他吸了二手烟，可是却没有二手毒的说法。简单来说，可卡因的社会危害小于吸烟。你每天吸多少可卡因，米米？"

"我猜你今天心情不好。在发泄情绪？"

"有一点。"

这究竟是怎么回事？坎塔雷拉能念对名字了，米米变善良了……在维加塔警局这个小世界，有些事情正在改变，这也意味着他该走了。

"我今天下午要去参加局长的会议，会后还要和局长进行私人谈话。到时候我要提出辞职。这件事目前我只告诉了你。如果局长同意了，我今晚会告知大家。"

"随你便，"米米骂道，站起身来向门外走去。

突然他停下脚步，转过身来说："告诉你，我戒烟是因为抽烟会伤害贝巴和她肚子里的孩子。至于辞职，你离开可能是对的。你已经丢了你的灵感、你的警惕、你的嘲讽、你的敏捷，甚至你的卑鄙。"

"米米你他妈的！叫坎塔雷拉来见我！"蒙塔巴诺对着米米的背影喊道。

只两秒钟，坎塔雷拉就来了。

"听候您的命令，警长。"

"问问托雷塔有没有红色软盒多重滤嘴香烟和打火机。"

坎塔雷拉似乎对这个要求并不觉得为难。他转身走了，回来的时候拿着烟和打火机。蒙塔巴诺给了他钱，走出办公室，想知道托雷塔"商店"有没有袜子，因为他很快就要用到了。他走出警局，突然很想喝杯浓缩咖啡。警局旁边的咖啡馆里，正在播放维加塔电视台午间新闻。女主持人卡拉·罗索正在播报新闻，新闻依观众关注度先后播报。第一则新闻报道了一场闹剧，一个八十岁左右的男人被嫉妒冲昏头脑，刺杀了自己七十岁的妻子。接下来的报道是：一辆拖拉机和载有三名乘客的轿车相撞，无人生还；一个劫匪持枪抢劫了蒙特鲁萨银行的支行；一艘载有一百多名逃难者的旧船在海上沉没；在一起交通案件中，一个政府无法确认身份的移民小男孩被撞身亡，肇事司机已逃逸。

蒙塔巴诺独自安静地喝完了咖啡，买单，告别，走出咖啡馆；点了 根烟，抽完，掐了烟头；走进警局，跟坎塔雷拉打了个招呼，走进办公室，打算坐下。突然间，咖啡馆墙上那个电视屏幕呈现在他眼前，卡拉·罗索正在报道新闻，嘴一张一合，报道声在蒙塔巴诺的脑中回响着：

一个政府无法确认身份的移民小男孩……

突然间，他醒过神来，收回了迈出最后一步的脚，他自己也不知道是为什么。也许，他知道是为什么，但只是不想承认：在他脑中，不理智的声音在告诉他现在要做什么，那就是去验证这个荒谬的预感，可理智的一边却在抗拒。

"您是不是忘了什么东西？"看到蒙塔巴诺冲进来，咖啡馆的服务员问道。

他没有回答。电视频道已经换了，屏幕上在播放情景喜剧。

"调回维加塔电视台，快！"蒙塔巴诺冷冷地说，声音低沉。服务员脸色煞白，马上跑过去调台。

服务员及时换了台，然而这条新闻太不重要了，没有配任何图像。女主播卡拉·罗索称，当天清晨，一位正在耕田的农夫看到一辆不明轿车撞倒了一个黑人小男孩。农夫当即报警，然而小男孩在送往蒙特卡洛医院途中身亡。随后，卡拉·罗索微笑着祝各位观众午餐愉快，新闻就这样结束了。

蒙塔巴诺愣在当地，他想转身快速离开，可是头脑却仍然正常悠闲地运转，两者在打架。随后，很明显它们达成了妥协，蒙塔巴诺回到警局，整个人看起来就像是快要脱线的木偶，歪歪扭扭，一步快一步慢。

他在门口停住，大喊："米米！米米！"

"你这是在唱《波西米亚人》吗？"奥杰洛出现在他面前。

"好好听着。我今天不能去参加局长的会议了。你替我去。会上要给局长的报告在我桌上。"

"你怎么了？"

"没什么。代我向他致歉，告诉他我会改日跟他解释原因的。"

"我怎么跟他解释你为什么不能去？"

"你不是很擅长吗？你不想来上班的时候编造的任何一个理由都行。"

"能告诉我你要去哪儿吗？"

"不能。"

"注意安全，"奥杰洛站在门口一直看着他离开。

如果软塌塌的轮胎能够正常使用，油箱不漏油，汽车能够承受超过五十英里的时速，路也不堵，蒙塔巴诺估计能在一个半小时内到达蒙特卡洛医院。

※

他不顾可能撞树或撞车的危险——他从来不是个好司机——全速向前开去。有一瞬间，他觉得自己真是可笑透顶。事实上，他为什么这样做？西西里有几百个黑人小男孩。他凭什么认为这个被撞死的小男孩就是几天前他在码头牵着的那个？然而，有一点他可以肯定：为了抚慰自己的良心，他必须去看看那个孩子，不然这个疑问会一直悬在心上，折磨着他。如果不是那个黑人小男孩，他会感到些许安心。

因为这意味着，就像理古乔说的，他们一家人终于团聚了。

※

到医院后，一位工作人员带蒙塔巴诺见了卡兰提诺医生，他很友善、礼貌。

"警长，那个孩子到医院的时候就已经死了。我想他应该被撞当场就身亡了，当时的撞击力太大，脊柱断了。"

蒙塔巴诺感觉自己浑身发冷。

"你说他是背部受到撞击？"

"是的。那个男孩当时可能站在路边，车子失控了，以极高速度撞向了他。"医生推测道。

"你知道谁送他来医院吗？"

"知道。是我们的一名救护人员，交警赶赴现场后叫了救护车。"

"蒙特卡洛交警队？"

"是的。"

终于，蒙塔巴诺鼓起勇气问出了之前不敢问的那句话。

"那个孩子还在这吗？"

"嗯，在太平间。"

"我，我能看看他吗？"

"当然，请跟我来。"

他们穿过一条走廊、乘电梯到地下层，穿过一条更加阴森的走廊，到走廊尽头的一扇门前停下。

"就是这儿了。"

房间狭小、阴冷而又昏暗，里面放着一张小桌子、两把椅子和一个金属架子。其中一面墙上看起来也是金属的，实际上是可以抽出的冷冻抽屉。卡兰提诺医生抽出其中一节，一个床单包裹的小男孩就躺在里面。医生轻轻地抬起抽屉，蒙塔巴诺一眼看到了小男孩大睁的双眼，就是这双眼，在码头上恳求自己帮他离开、让他逃走的那双眼。毫无疑问，就是那个小男孩。

"可以了。"蒙塔巴诺说话的声音轻得像一声叹息。

从医生看他的那表情，他便知道，自己的脸色彻底变了。

"你认识他吗？"

"嗯。"

医生合上抽屉。

"我们可以走了吗？"

"嗯。"

可是他动不了了，他的双腿一动不动，就像两条木头。虽然这个小房间如此阴冷，他仍感觉被汗浸透了衬衣。他强迫自己的腿向前挪动，虽然头晕目眩，但终于可以迈出步子了。

※

蒙塔巴诺去了蒙特卡洛交警总队，交警向他解释了意外发生的地点：在蒙特卡洛城外四千米的地方，连接斯皮高内拉和特里卡塞两个海边村庄的一条路上。那条路弯弯曲曲的，还没铺柏油。路和村子全都是违章建筑。可是如果从城里走，要绕很长的路才能到达这些希望呼吸海边新鲜空气的人建的房屋。一位工作人员还很友好地给蒙塔巴诺画了到那里的详细路线图。

※

这条路不光没有铺柏油，很明显是一条很老旧的羊肠小道，到处都是数不尽的坑洼，而且只是粗略地填了一下，并没有完全填平。轿车在这条路上高速行驶，怎么可能不发生故障呢？莫非那辆车开得那么快是避免追尾？转过一个弯后，蒙塔巴诺发觉眼前就是事发地点。路的右边有一个小石堆，上面放着一束野花。他决定下车仔细看看。小石堆的一边凹下去，像是受到了严重的撞击。石头上满是已经干涸的斑斑血迹。视野所及之处没有一处房屋，只有田野。路边一百码以外，有一个农夫在耕田。沿着柔软的田间小径，蒙塔巴诺歪歪扭扭地走向他。老农约有六十岁了，瘦瘦的，驼着背，正专心地低头耕田。

"下午好。"

"下午好。"

"我是一名警察。"

"猜到了。"

怎么猜到的？先不说这个了。

"石堆上那束花是你放的吗？"

"是的，先生。"

"你认识那个小男孩。"

"不认识，以前从没见过。"

"那你为什么放花在那里呢？"

"那是一条人命，不是畜生。"

"事故发生的时候你看到了吗？"

"看到了，也没看到。"

"什么意思？"

"请跟我来。"

蒙塔巴诺跟着他，走了约十步，他停了下来。

"今天早上七点我正在这锄这块田，突然听到嗞的一声，很尖锐。我抬起头来，看到了一个小男孩从拐弯处跑来。他边跑边喊，比兔子还快。"

"你听懂他喊什么了吗？"

"没有，先生。他跑到那片豆角地时，一辆车飞快地转弯。

那个孩子正回头看，试图躲到路边。他可能想跑到我这儿来。可是后来我就看不到他了，他躲在了那个石堆后面。接着那辆车冲向了他，可是我看不清，只听到了一声尖叫。然后那辆车掉了头，沿着那条路返回去，拐了一个弯就看不见了。"

虽然这个农夫不会弄错，但蒙塔巴诺还是要仔细核实。

"那辆车后面有另一辆车在追赶吗？"

"没有，先生。只有那一辆车。"

"你是说那辆车是故意追着男孩子转弯的吗？"

"我不知道他是不是故意的，但弯子转得很急。"

"你看到车牌了吗？"

"开玩笑吗？你自己看看能不能看到那边。"

的确，不可能看到。农田和路的高度相差太多了。

"你接着做什么了？"

"我跑向那堆石头。可是一跑过去我就知道，那个孩子已经死了，最多差口气。所以我跑回家——从这里你看不到我的房子——然后打电话给蒙特卡洛警察局。"

"刚才说的这些，你告诉交警队了吗？"

"没有，先生。"

"为什么不说？"

"他们没问。"

逻辑没错：没问，所以没说。

"好吧，我希望你直接回答我：你觉得他们是故意的吗？"

农夫肯定琢磨这个问题很久了。他反问道："难道这辆车没有可能是意外拐弯吗？比如撞上了石头？"

"或许是。但是，你内心里是怎么认为的？"

"我不想想了，警长先生。我不想再想了，这个世界已经太多罪恶了。"

最后一句话很有深意。很明显这个老农知道发生了什么。那个孩子是被人蓄意撞死的，因为某种让人费解的原因。可是老农马上就把这个想法从脑子里清了出去。这个世界已经太多罪恶了。最好还是别想了。

蒙塔巴诺把维加塔警局的电话号码写在一片纸上，递给了老农。

"这是我在维加塔办公室的电话。"

"我拿这个做什么？"

"没什么，拿着就是了。如果碰巧孩子的父母或者其他亲人来寻找他，问问他们住在哪儿，然后打电话告诉我。"

"希望如此吧，先生。"

"祝你好运。"

"祝你好运。"

※

回去的路是上坡，更难走。他有些喘不过气。他走到车前，开门进去，却没有马上开走，只是坐着，胳膊扶在方向盘上一动不动，脑袋枕在胳膊上，双眼紧闭，想要忘掉刚才的事情。就像那个老农，他会继续耕田，直至日落。突然，一个想法，像冰冷的刀片劈进他的大脑，向下游走，然后停在他的胸腔中间，接着一路到了脚底：是他，英勇明智的警长萨尔沃·蒙塔巴诺，牵着那个男孩的小手——虽然他愿意帮助他——却最终反转了他的命运，一步步把他送向了死亡。

8

现在回马里内拉还太早，不过他决定不管怎样先回家。经过警局门口时，他并没有停车。身体里搅动的那团怒火让他的血沸腾起来，身体有些发烫。他最好先独自平息了这团怒火，不要随便找个借口就迁怒到同事身上。他的第一个发泄物是别人送的一个花瓶，他一开始就不喜欢这个花瓶。蒙塔巴诺双手把花瓶高举过头顶，大骂一声，狠狠地摔在地上。他感到很满足，然而砰的一声巨响后，他惊愕地发现，花瓶没多大损害，只是有些剐蹭。

怎么会这样？他弯下腰抓起花瓶，然后再次举起来用尽全力摔下去。花瓶还是安然无恙，一片地砖倒是裂开了。难道为了摔碎这该死的花瓶，他要把家拆了吗？他走出去从车的后备厢取出手枪，回家拎起那个花瓶，穿过阳台走上沙滩，走到海水边，把花瓶扔到沙滩上，后退十步，举起手枪：瞄准，射击，没击中。

"杀人犯先生！"是个女人的声音。他往四周看去。远处一所房子的阳台上，有两个人在向他挥手。

"杀人犯先生！"这次是个男人的声音。他们到底是谁？

然后他想起来了，是从特雷维索来的鲍圣先生和他太太。就是这对夫妻让他出了洋相，赤身裸体出现在电视上。他心里骂了一句滚，然后小心地瞄准，射击。这次花瓶终于被打破了。他满意地走回家，耳边还有越来越远的齐声喊叫：杀人犯先生！杀人犯先生！

蒙塔巴诺脱衣服洗澡，甚至还刮了胡子，穿上干净衣服，打扮得像要去跟人约会。虽然他其实并没有约会，但他就是想让自己利利索索的。他走出屋子，坐在阳台上思考问题。虽然他并没有说出来，也没有做决定，但他笃定：自己对尸体冰柜抽屉里那双睁大的双眼做出了承诺。而且，这让他想起了迪伦马特的一部小说，小说中一位警长为了履行他对被杀小女孩的父母做出的承诺，终其一生都在探寻是谁杀了女孩……可是，杀人者在此期间也去世了，警长却不知道。他在追寻的是一只"鬼"。然而，在这个小男孩的车祸案中，受害人也是一只"鬼"——蒙塔巴诺不知道他叫什么，来自哪个国家，什么都不知道。就像他正在调查的另一件案子，他对那个溺亡的中年男士也一无所知。更重要的是，现在无法展开任何正式调查。那个无名男士，从官方调查而言，是溺亡的；而那个小男孩，只是无数因肇事逃逸而身亡的无数受害者之一。从官方程序来说，该调查哪里呢？这比一无所知还糟糕——一切无从下手。

"这是那种我退休后会感兴趣的案子，"蒙塔巴诺想着，"如果我现在接着查这个案子，是不是意味着，自己已经感觉跟退休没两样了？"

他产生了强烈的悲哀。事实证明，他只有两个方法缓解悲哀：要么上床蒙头睡觉，要么就是吃东西。他瞥了一眼手表。现在睡觉还太早，如果他现在上床，估计凌晨三点就会醒来，然后在房间里坐也不是，站也不是。那就只能吃东西了。对了，他想起来今天还没得及吃午饭。蒙塔巴诺进厨房开了冰箱。阿德莉娜给他准备了牛肉卷，可他现在不想吃。他走出屋子，开车去了恩佐餐厅。吃过头盘墨汁意面后，他的忧郁开始缓解了。待吃过第二道菜，香脆的炸鱿鱼之后，忧郁就完全抛到了脑后。回到家后，蒙塔巴诺的头脑平静下来，恢复了活跃。他走出屋子，坐在了阳台的椅子上。

※

首先，他必须承认利维娅说对了，也就是说，她理解那个男孩子在码头上的古怪举动。显然，那个孩子想利用当时的混乱局面逃走。然而，他失败了，因为聪明绝顶、令人崇拜的警长蒙塔巴诺阻止了他。可是，假使他们的家庭重聚失败了——用理古乔的话说——为什么会有人如此残忍杀害这样一个孩子呢？莫非因为他无论在哪里都喜欢逃跑的坏习惯？可是全世界有多少孩子，无论白种人、黑种人、黄种人，他们最喜欢的事就是离家出走？当然，成百上千。难道对他们的惩罚就是死亡吗？当然不是。然后呢？或许他被杀害是因为他总是乱跑，喜欢顶嘴。不听爸爸的话，不好好喝汤？别逗了！以小男孩被杀事件看来，理古乔的假设变得荒诞可笑，必然另有隐情。小男孩一定从开始就背负着更大的事情——发生在他出生国的事情。

最好的方法就是从事情的开头开始捋，不放过任何第一眼看起来可能完全没用的细节，并且要分阶段进行，不在同一时间堆积过多的信息。蒙塔巴诺开始回忆：那天晚上，他一直都待在办公室里，直到该去奇乔·阿尔巴内塞家里听他讲水流的事情，然后饱餐一顿他太太特制的羊鱼。就在这时，副局长理古乔打电话到警局，说他在港口处理一百五十名非法移民者的事情，眼镜坏了，问是否有人可以借一副眼镜给他。蒙塔巴诺找到了一副，决定亲自给理古乔送去。等他到码头的时候，一艘巡逻舰正放下梯板。首先下来的是一位肚子鼓鼓的孕妇，被直接送上了救护车。接着下来是四个男人，正当他们跌跌撞撞地快走下梯板时，一个小男孩从他们腿间钻了过来。小男孩成功躲开了警察，向旧仓库跑去。蒙塔巴诺追着他进了一条满是废弃物的小巷子。小男孩意识到无路可逃，便举手投降。后来，蒙塔巴诺牵着小男孩返回梯板附近，发现一位年轻妇女正在绝望哀号，还有两个更小的孩子拽着她的裙角。她一看到小男孩，就跑了过来。很显然，她是小男孩的妈妈。这时小男孩看着他（还是别总想着这一幕了），女人突然绊倒了。警察试图扶起她，但她根本站不起来，于是有人叫来了一辆救护车。

停下，等等。好好想想。不，实际上，他没有看到任何人叫救护车。你确定吗？蒙塔巴诺问自己。再回忆一下当时的场景吧。不，他不确定。这么说吧：一定有人叫来了救护车。两个救护人员从救护车上下来，其中一个留着胡子的人按了按年轻妇女的一条腿说她的腿受伤了。接着，年轻妇女和三个孩子上了救护车，车子往蒙特鲁萨的方向开去。

　　为了进一步确认，再回顾一遍。眼镜——码头——登岸——孕妇——小孩子从四个逃难者的腿间钻出来——孩子逃跑——他追过去——孩子投降——他们返回码头——孩子的母亲看到他们并向他们跑来——孩子看着他——母亲绊倒、站不起来——救护车来了——留胡子的救护人员说母亲的腿受伤了——母亲和孩子上救护车——救护车开走——第一部分结束了。

　　问题是：几乎可以确定，没人叫救护车。它自己开来的。为什么？因为在场医护人员看到那位母亲摔倒在地？也许吧。接着救护人员断定她的腿受伤了。正因为他的判断，救护车接走了那位母亲。如果那位救护人员什么都没说，警察就会叫来随警的医生。为什么当时没去找随警医生问问呢？是因为没来得及。救护车马上就来了，那位救护人员的判断操纵着事件朝着主使人设计的方向发展。没错，主使人。整件事情都是提前安排好的，各个细节都设计得很完美。

　　虽然时间已经很晚了，他还是抓起电话，打给了法齐奥。

　　"法齐奥吗？我是蒙塔巴诺。"

　　"还没有任何新消息，警长，如果有我会……"

　　"先不说这个。我想问你点事。你明天还打算继续调查吗？"

　　"对。"

　　"我想让你先帮我查点事情。"

　　"警长您说。"

　　"圣格雷戈里奥医院有一个留着胡子、身材纤瘦、年龄五十岁上下的救护人员。我希望知道他的一切信息，公开的、秘密的，都要。明白吗？"

"是，完全明白。"

他挂了电话，接着打给圣格雷戈里奥医院。

"您好，阿加塔·米丽特罗护士在吗？"

"她在，稍等一下。"

"请让她接电话。"

"她在值班。我们有规定不能……"

"听着，我是警长蒙塔巴诺，有重要事情问她。"

"请稍等，我去找她。"

他渐渐觉得失望时，听筒传出那位护士的声音。

"是您吗，警长？"

"是我。不好意思，我是不是……"

"没关系。有什么可以帮您的吗？"

"我想跟您当面谈点事情。越快越好。"

"这样啊，警长。我正在值夜班，明天上午补觉。上午十一点左右见面可以吗？"

"当然可以。在哪里见？"

"我们可以在医院门前见面。"

他正要答应，但想了想，觉得最好别在医院门前见面。万一那个救护人员看到他们见面呢？

"还是在你家门前见面更妥当。"

"好的。我住在维亚德拉小区 28 号，明天见。"

※

蒙塔巴诺睡得像一个天真无邪的小天使，没有任何烦恼和杂念——每次他开始向着正确方向展开调查时都是这样。第二天早上上班时，他整个人精神焕发，面带笑容。他的办公桌上放着一封写给他的信，没有署名。

"坎塔雷拉！"

"到，警长！"

"这封信谁送来的？"

"本丢·彼拉多，警长。昨天晚上送过来的。"

他把信放进口袋，打算一会儿再看，或者永远不看。不一会儿，米米·奥杰洛来了。

"跟局长开会怎么样？"蒙塔巴诺问道。

米米似乎有些情绪低落，不像平日那么自信。显然，他带回了罗马当地的紧张局势。他说，如今非法移民活动的主要区域由亚得里亚海转移到了地中海，比以往更难阻止了。但是上级官员对这一事实知之甚少。而且，他们也几乎不知道小偷日益猖獗，更不用说持械抢劫了……这时候他们应当与基层警员同舟共济，他们却还在合唱"一切都很好，我尊贵的玛利亚"。

"你对我的缺席向他道歉了吗？"

"道歉了。"

"他怎么说？"

"你希望他说什么，萨尔沃？高声喊叫？他只是说：好。就这样。现在告诉我，你昨天干什么去了。"

"我遇到了一个问题。"

"萨尔沃，你把我当傻瓜吗？起初你跟我说，你想在见局长的时候提出辞职，十五分钟后你就改了主意，让我替你去见局长。你遇到什么问题了？"

"如果你真想知道的话……"

他把小男孩的故事前前后后都告诉了米米。讲到最后，米米没说话，陷入了沉思。

"你没有什么话要说吗？"蒙塔巴诺问道。

"没有，没有要说的。只有一点。"

"什么？"

"你直接把小男孩被杀和他在码头上逃跑联系在了一起。我不确定这两件事是否有联系。"

"别逗了，米米！不然他还做了什么？"

"我跟你说件事吧。卜个月，我的一个朋友去了趟纽约，和他的美国朋友待了几天。有一天他们出去吃饭。我的朋友点了带煎土豆的一大块牛排。他吃不完，剩了些在盘子里。服务员清理桌子之后，把我朋友吃剩下的打包好，递给了他。我朋友拿过来，走出餐厅，看到一些流浪汉，于是向他们走去，想把吃剩的食物给他们。可是他的美国朋友阻止了他，说流浪汉不会要这些食物的，说如果真可怜他们，应该给他们五十美分。他们为什么不接受打包的半块牛排？我朋友问道。因为有人会给他们有毒的食物，就像对待流浪狗一样，美国朋友回答。明白我的意思了吗？"

"不明白。"

"或许那个在路边意外被撞的小男孩，故意逃跑只是为了好玩，或者是因为某些狗娘养的杂种对来这儿的孩子们有种族歧视，袖手旁观。"

蒙塔巴诺深深地叹了一口气。

"希望如此吧。如果真的是这样，我的罪恶感会减轻一点。不幸的是，我非常确信这一系列事情之间肯定有联系。"

※

阿加塔·米丽特罗女士约四十岁，保养得很好，面容漂亮，不过有些过于丰满了。她话很多，实际上，整个谈话过程中都是她一直在说。她说，那天早晨因为她读大学的儿子说想结婚，她的情绪很不好。

"警长，我很不幸在十七岁爱上了一个无赖，他知道我怀孕后马上就抛弃了我。"

"我跟儿子讲，咱们就不能等等吗？为什么这么急？当然，你现在想做什么都可以的，以后咱们等着瞧。"

她还说医院主管都是自私自利的混蛋，只会剥削她。他们知道，每次要求她加班，她都会赶回来，因为她有一颗金子般的心。

"就发生在这儿，"她突然说道，停下了脚步。

是一条短街，没有住宅也没有商店，就在两座大型建筑后面。

"可是街上一所房子都没有，"蒙塔巴诺说。

"没错。右侧这个建筑物就是医院，我们现在是在医院后面。我经常走这条路，可以从急诊室进，就是从这儿拐过去右侧第一个门。"

"所以那个妇女肯定带着三个孩子离开了急诊室，左拐，沿着这条街走，然后被车接走了。"

"没错。"

"你有没有注意到，那辆车是从急诊室大门的方向开过来，还是从相反方向开过来的？"

"没有，我不知道。"

"车停下的时候，你看到了车上有几个人吗？"

"在那位妇女和孩子上车前吗？"

"对。"

"只有一位司机。"

"你注意到那个男司机开车的时候有什么特别的吗？"

"怎么可能呢，警长？他一直待在车上！不过他不是黑人，如果这是您说的特别之处的话。"

"他不是？他跟我们一样？"

"是，可是您能说出西西里人和突尼斯人有什么区别吗？您知道的，只看一眼，我……"

"医院有几辆救护车？"蒙塔巴诺打断了她。

"四辆，不过不够用。医院没钱再买救护车了。"

"救护车出勤的时候，车上几个工作人员？"

"两个。我们人手不够，一个医护人员，一个司机。"

"这些人你都认识吗？"

"认识。"

蒙塔巴诺想问问她那个留胡子的消瘦救护人员的情况，但没问。这个女人太多话了。她之后肯定会跑到那个救护人员那里，说蒙塔巴诺问过他的事情。

"咱们喝个咖啡？"

"好的，谢谢您，警长。虽然我不该答应。您知道的，我连着喝四杯咖啡就……"

※

法齐奥在警局里等着蒙塔巴诺，有点不耐烦，他急着继续调查蒙塔巴诺在海里发现的那个死人。他就像一条警犬，只要嗅到一丝气味，就会追踪到最后。

"警长，那个救护车上的医护人员叫加埃塔诺·马尔兹拉。"说完这句，他就停住了。

"是吗？就这些？"蒙塔巴诺有些惊讶。

"我们可以交易一下吗？"

"交易？"

"你让我先过过瘾，读一下我的'冗杂档案记录'，然后我会告诉您我找到的医护人员的信息。"

"成交，"蒙塔巴诺答应了。

法齐奥心满意足地眨眨眼。他从口袋里拿出一小块纸，开始念：

"加埃塔诺·马尔兹拉，1960 年 10 月 6 日出生于蒙塔鲁萨，父亲是斯塔凡诺·马尔兹拉，母亲安东尼娅·迪布拉西，住在蒙特鲁萨弗朗西斯科·克里斯皮街 18 号。妻子伊丽莎白·卡普奇诺，

1963年2月14日出生在里贝拉，父亲埃马努埃莱·卡普奇诺，母亲安戈尼亚·里科蒂丽……"

"停，再念我就毙了你，"蒙塔巴诺喊道。

"好了，好了。我玩儿够了，"法齐奥说着把那张纸放回了口袋。

"所以，我们现在谈点正经的？"

"当然。这个马尔兹拉拿到护士证后就在医院工作了。他妻子嫁过来的时候带了一家小礼品店，不过三年前烧毁了。"

"故意纵火？"

"是的，但商店没有买保险。讽刺的是，商店被烧毁是因为马尔兹拉不想再交保护费了。接着，您知道他做了什么？"

"法齐奥，你问这些只会让我生气。我他妈什么都不知道！是你应该给我讲！"

"马尔兹拉接受了教训，开始交保护费。这样一来他觉得安全了，所以在商店旁边买了一间仓库，全面扩建重修。长话短说，他欠了一屁股债。而且有人说，自从生意变差后，他就被放高利贷者缠得喘不过气来。后来，这个可怜的家伙就一直处在绝望之中，到处找钱赚。"

"我必须跟这个人谈谈，"蒙塔巴诺沉默了一会儿后说道，"越快越好。"

"下一步做什么呢？我们确定可以拘捕这个家伙了？"法齐奥说。

"不，谁说要拘捕他了？另一方面……"

"另一方面？"

"如果他听到风声……"

"听到什么风声？"

"没什么，我只是想起些事情。你知道他的商店地址吗？"

"当然，警长。巴勒莫街 34 号。"

"谢谢。继续去街上调查吧。"

9

　　法齐奥出去后，蒙塔巴诺一直坐着沉思自己该如何行动，直到理清所有思绪。接着，他叫来了加鲁佐。

　　"加鲁佐，你现在去布洛内打印店，让他们印一叠名片给你。"

　　"印我的名字？"加鲁佐有些困惑。

　　"别逗了，加鲁，你怎么像坎塔雷拉似的？印我的名字。"

　　"那我让他们在名片上写什么呢？"

　　"必要信息。萨尔沃·蒙塔巴诺，下面标注维加塔警局警长。名片左下方写上警局的电话。十来张就够了。"

　　"警长，既然要去打印店，为什么不多印……"

　　"你想让我印一千张？拿来贴浴室的墙吗？十来张就够了。我希望今天下午四点能放在我桌上。不要找借口。现在快去，趁着打印店还没午休。"

　　现在到吃饭时间了。因为很多人都回家吃饭，所以他不妨也试一下。于是他拿起电话。

　　"您好，请问是哪位？"是一位女士的声音。听口音，她最起码是从布基纳法索那么远的地方来的。

　　"我是警长蒙塔巴诺。英格丽女士在吗？"

"请等一下。"

目前为止一直都是这样。每次他打电话给英格丽，总会有一个从地图上都找不到的国家来的女管家接电话。

"喂，萨尔沃？怎么了？"

"我现在需要你的帮助。今天下午有空吗？"

"有。不过六点左右我有约会。"

"时间足够了。我们下午四点半在蒙特鲁萨的维多利亚咖啡吧门前见面如何？"

"没问题。下午见。"

※

回到家，他在烤箱里找到了一盘鲜嫩多汁的砂锅烤意面，当午饭吃掉了。接着他换了衣服，穿上一件淡蓝色的衬衣、灰色双排扣的西装，还打了红色的领带。他希望自己的穿着介于白领和警察之间。然后，他坐在阳台的椅子上，边抽烟边品咖啡。

出门前，他找了一顶很少戴的淡绿色、略带蒂罗尔风情的帽子和一副平光眼镜。这副眼镜他戴过一次，不过忘记是干什么的。四点的时候，蒙塔巴诺回了一趟办公室，看到桌上放着一小盒名片。他拿了三张放进口袋，走出警局，打开车的后备厢。后备厢里放着一件汉弗莱·博加特风格的短风衣，他穿上风衣，戴上帽子和眼镜，开车走了。

※

看着蒙塔巴诺这身打扮出现在她面前，英格丽笑得眼泪都流了下来，跑进咖啡屋洗手间，还把门锁上了。

可是等她出来的时候，又开始咯咯地笑。蒙塔巴诺脸色铁青。

"上车，我可没时间浪费。"

英格丽乖乖地上了车，好不容易忍住了笑。

"你知道巴勒莫街 34 号的那家礼品店吗？"

"不知道，怎么了？"

"我们现在就要去那家店。"

"去干什么？"

"去给女朋友选结婚礼物。在礼品店里，你要叫我埃米利奥。"

英格丽又爆发出一阵笑声，她已经控制不住自己了。她用手捂着脸，蒙塔巴诺也不知道她是在笑还是在哭。

"好了，我现在送你回家，"蒙塔巴诺怒气冲冲地说。

"别，等等，别生气。"

她擤了擤鼻涕，擦干眼泪。

"告诉我该做什么，埃米利奥。"

蒙塔巴诺跟她做了解释。

他们到了商店门口。商店的招牌上写着"卡普奇诺"几个大字，下面是一行小字，写着"银制餐具、礼物、婚庆礼品"。显眼的橱窗里放着一排闪闪发光的礼品，品味令人怀疑。蒙塔巴诺推了推门，锁着。显然是为了预防抢劫。他按了门铃，听到有人出来开门。店里只有一个四十多岁的妇女，娇小柔弱，衣着优雅，不过明显很紧张，带着防备心理。

"下午好，"她说，脸上并没有往日迎接客人的微笑，"有什么可以帮您的吗？"

蒙塔巴诺确信她不是雇员，而是卡普奇诺太太。

"下午好，"英格丽回道。"我们的一个朋友快结婚了，埃米利奥和我想给她买个银餐盘作为礼物。我能看看你们店的餐盘吗？"

"当然，"卡普奇诺太太说完取下架子上的银制餐盘，一个比一个俗气，然后把它们一个个摆在柜台上。同时，蒙塔巴诺刻意"带着明显的怀疑眼神"环视四周。接着，英格丽叫他过去。

"过来，埃米利奥。"

蒙塔巴诺走过去，英格丽拿了两个餐盘给他看。

"我决定不了买哪个。你喜欢哪个？"

蒙塔巴诺假装挑选时，注意到卡普奇诺太太一直在偷偷瞟他。就像他所预料的，或许她认出自己了。

"快点，埃米利奥，选一个，"英格丽催了催他。

最后，蒙塔巴诺选了一个。卡普奇诺太太在包装餐盘时，英格丽自己想出了一个好主意。

"埃米利奥，看，好漂亮的碗啊。不觉得放在我们家餐厅很配吗？"

蒙塔巴诺狠狠瞪了她一眼，小声咕哝着什么。

"别犹豫了，埃米利奥，买下来吧。我真的很喜欢！"英格丽坚持道，她的眼睛一闪一闪，满是开玩笑的狡黠。

"您要买吗？"卡普奇诺太太问蒙塔巴诺。

"再说吧，"蒙塔巴诺很坚定。

卡普奇诺夫人接着走到收银台前，准备收钱。当蒙塔巴诺从裤子口袋掏钱包时被钩住了，口袋里的所有东西都掉到地板上。他弯下腰来捡各种各样的东西、卡片和滑落的纸。

他故意剩了一张名片在地上，起身时用右脚把名片踢到了收银台旁。做得很漂亮。他们转身离开了。

"你真小气，埃米里奥，连个碗都不给我买！"上车的时候，英格丽说道，假装很沮丧的样子。接下来又变了语气问道："我演得好吧？"

"很好。"

"我们拿这个餐盘做什么呢？"

"你留着吧。"

"我不会这么轻易放你走的。今晚出去吃饭吧。我带你去一家餐厅，那儿的鱼你绝对没吃过。"

不能出去吃饭。蒙塔巴诺确信他们这出戏很快就会有结果，他想回办公室等着。

"明晚怎么样？"

"可以。"

※

"啊，头儿，头儿！"蒙塔巴诺一进警局就听到坎塔雷拉高喊道。

"怎么了？"

"我已经核查了所有的档案文件，警长。不能再看了，眼睛都花了。没有其他人长得像那个溺亡的死者了。只有埃雷拉。警长，难道那个人不可能是埃雷拉吗？"

"坎塔，科森扎的警察告诉我们，埃雷拉已经去世下葬了！"

"好吧，警长，可是难道他不可能又活过来，然后在水里溺亡了吗？"

"你想让我头疼吗，坎塔？"

"别再琢磨这个了，警长！这些照片怎么处理呢？"

"放我桌上吧。我一会儿交给法齐奥。"

※

蒙塔巴诺等了两个小时却毫无结果，一阵无法抵挡的睡意向他袭来。他把文件挪开，清出一块地方，趴在桌子上很快便睡着了。他睡得很熟，被电话惊醒时，一时之间不知道自己身在何处。

"警长。有人想跟您单独通话。"

"谁？"

"问题就在这，警长。他说他不想说名字。"

"接进来……我是蒙塔巴诺。您是哪位？"

"警长，您今天下午跟一位女士去了我太太的商店。"

"我吗？"

"没错，就是您，先生。"

"不好意思，能告诉我你叫什么名字吗？"

"不行。"

"好，那再见。"

蒙塔巴诺挂掉了电话。这个举动很冒险。因为也许马尔兹拉丧失勇气，不敢再打电话来了。但很显然马尔兹拉上钩了，很快又打了电话过来。

"警长，请原谅我刚才的电话。可是请您替我想想。您去了我太太的商店，虽然您乔装打扮，还改了名字叫埃米里奥，她还是一眼认出了您。最重要的是，她在地上发现了一张您的名片。您得承认，这真是让人不安。"

"为什么？"

"因为很显然，您在调查我。"

"如果你担心的是这个，大可放心。现在初步的调查已经结束了。"

"您说我可以放心？"

"完全可以放心。至少明天之前不用担心。"

蒙塔巴诺听到马尔兹拉倒吸了一口凉气。

"您，您这是什么意思？"

"我的意思是，明天我会开始下一阶段的工作，执行阶段。"

"什，什么意思？"

"你知道是什么，不是吗？拘捕、传唤出庭、审问、起诉、报告……"

"可是我没参与过那件事！"

"什么事？"

"可是……可是……可是，我不知道，不管您在调查什么……可是您为什么去礼品店？"

"哦，去礼品店，买结婚礼物。"

"可为什么您要化名埃米里奥？"

"和我一起去的女士喜欢这么叫我。听着，马尔兹拉，现在很晚了。我要回家了。明天见。"

他挂了电话。他的语气已经很恶劣了。他敢打赌，一小时以内，马尔兹拉就会来敲他的门。马尔兹拉很轻易就能从黄页上找到他的住址。正如他怀疑的那样，马尔兹拉对自己在码头的所作所为已经不安到了极点。一定有人命令他想办法让那个妇女和孩子上救护车，然后让他们在医院急救室门外下车。而且他照做了。

蒙塔巴诺上了车，把所有车窗都摇下来，开车走了。他需要感受夜间凉快的海风吹过脸颊。

※

一小时后，跟他预测的一样，一辆车开到他家门前，只听到砰的一声，车门关了，然后门铃响了起来。蒙塔巴诺打开了门，看到了一个和医院停车场那会截然不同的马尔兹拉：胡子拉碴，面容憔悴，周身散发着病恹恹的气息。

"很抱歉，如果我……"

"我在等你。进来吧。"

蒙塔巴诺决定改变策略，他这么客气反而让马尔兹拉感到困惑。他不安地走进来，蒙塔巴诺搬了把椅子给他，可他只是轻轻坐在椅子边上。

"我先说吧"，蒙塔巴诺说，"这样会省点时间。"

马尔兹拉看起来像要接受调查一样。

"那天晚上在港口，你提前就知道会有一位移民妇女带着三个孩子登岸，然后假装摔倒，腿部受伤。你的任务就是在那儿等着，提前备好救护车，并且推掉所有其他事情。接着，那位妇女摔倒时，你赶在随警医生到达之前跑到她身边，断定她的腿受伤，送她和三个孩子上救护车，返回蒙特鲁萨。我说得对吗？只回答是或不是。"

马尔兹拉吞了口口水，咬了咬嘴唇，然后才开口回答："是"。

"很好。等你到了圣格雷戈里奥医院，就让那个妇女和三个孩子在急救室门前下车，而不是陪着他们进去。这时候，你很幸运地接到了一个紧急电话让你去斯科罗戈里蒂，这给了你一个很好的借口完成表演。是或不是？"

"是。"

"救护车司机是帮凶吗？"

"是。我每次给他一百欧元。"

"你这么做了几次了？"

"两次。"

"每次都是大人带着孩子？"

马尔兹拉把口水吞了吞，然后回答：

"是。"

"你每次坐在哪里？"

"不一定。有时候坐在副驾驶，有时候和乘客一起坐在后面。"

"我现在调查的那次你坐在哪儿？"

"在前面坐了一会儿。"

"然后你又去了后面？"

马尔兹拉开始冒冷汗，他陷入了窘境。

"是。"

"为什么？"

"我能喝口水吗？"

"不行。"

马尔兹拉害怕地看了他一眼。

"如果你不想说，那我来告诉你。你回到后面是因为其中一个孩子。年龄最大，六岁的那个，他一直在不惜一切代价跳出救护车，他想逃走。我说得对吗？"

马尔兹拉点点头。

"然后你做了什么？"

马尔兹拉咕哝了些什么，与其说是听到，不如说是蒙塔巴诺猜到的。

"你给他打了一针？安眠药？"

"没有。只是镇静剂而已。"

"是谁一直拽着那个孩子？"

"他妈妈。我也不知道她是谁。"

"其他孩子在做什么？"

"他们在哭。"

"那个孩子也在哭吗？"

"没有。"

"他在做什么？"

"一直咬着嘴唇，都咬出血了。"

蒙塔巴诺慢慢站起来，他感觉双腿艰难地向前挪动。

"请看着我。"

马尔兹拉抬起头，看向他。蒙塔巴诺一巴掌狠狠打在他左脸上，把他整个头都打得转了过去；又一巴掌，他整个身子都转了过去。这一巴掌打到了鼻子，一行血流了下来。马尔兹拉没有去擦，血一直流下来，滴在衬衣和外套上。蒙塔巴诺坐回椅子上。

"你把我家地板弄脏了。卫生间在走廊右侧。去自己弄干净。厨房在走廊尽头，冰箱里有冰块。你知道该怎么做，毕竟不虐待小孩子的时候，平日里你还算是个护士。"

接下来，马尔兹拉一直在卫生间和厨房之间穿梭，蒙塔巴诺努力让自己不去想象马尔兹拉刚才给他描述的那个场景，小男孩被锁在救护车狭小的空间里，睁大的双眼里满是对暴力的恐惧……

是他，牵着那个孩子，把他送进恐惧当中。他无法原谅自己……他一直告诉自己：其实他做的没错，可是毫无用处……如果他还想继续问下去，那他绝不能再想这件事，不能再为此生气。这时候，马尔兹拉回来了。他用手帕包着一块冰捂在鼻子上，头微微向后仰。他什么都没说，坐在了蒙塔巴诺面前。

"现在我告诉你为什么我去你店里的时候你那么害怕。你刚刚知道，你的主使人杀了那个孩子，就是你给他打了一针镇静剂的孩子。他被人像个动物一样杀害了。是吗？"

"是。"

"所以你害怕。你虽然是个势利鬼，一个混球，一个窝囊废，但你从没想过做杀人犯的帮凶。说说吧，你怎么会知道他们开车撞死的就是你带走的那个孩子。现在该你说了。不过丑话说在前面，我知道你现在是债务缠身，需要很多钱去还高利贷。讲。"

马尔兹拉开口了。蒙塔巴诺刚才打他的那两巴掌肯定把他打懂了，不过也让他冷静了点。事已至此，木已成舟。

"因为银行拒绝贷款给我，我很可能失去一切。所以我开始向认识的人打听赚钱的门路。他们告诉我一个名字，我去找了这个人。一切就这样开始了。这比破产还糟糕，我被彻底毁了。那个家伙借钱给我，可是利息太高了，我都不好意思跟你说。我坚持了一阵，后来再也顶不住了。接着，大约两个月以前，那个男人给了我一单买卖。"

"告诉我他叫什么。"

马尔兹拉头还向后仰着，摇了摇头。"我害怕，警长。他肯定会杀了我和我太太的。"

"好吧，继续。他给了你什么买卖？"

"他说他需要帮助非法移民家庭在这里重聚。很明显，男主人在这里找到了工作，可是因为他们是非法移民，所以没办法把妻儿接过来。如果我帮了他，可以少点利息。"

"每次降低的比率一样？"

"不是的，警长。我们每次都会协商。"

"他怎么通知你行动时间？"

"计划行动的前一天，他会打电话给我。他会跟我描述那些人的相貌，救护车应该把他们送到哪里，在哪里下车。第一次，所有的事情都很顺利。是老太太带着两个年幼的孩子。但第二次，就像我说的，那个最大的孩子反抗了。"

马尔兹拉停了一下，深深叹了口气。

"您相信我吧，警长。我睡不着觉。我的眼前一直出现当时那个场景，那个女人按着他，我拿着注射器，其他的孩子一直在哭，我想到这些就睡不着觉。前几天，大约上午十点，我去问那个男人是不是能降低利率。可他说这次降不了，因为事情搞砸了，货物受损了。他当时就是这么说的。可他把我送回来之前，又说我可以将功折罪，因为还会有新的任务。我倍感沮丧地回到了家。接着，我就听到电视报道，一个非法移民的小男孩被撞死了，车主逃逸。我想这大概就是那个男人说的货物受损。接着您就来了我妻子的商店——您已经在医院打听过我了——然后，我意识到我必须站出来了，无论付出什么代价。"

蒙塔巴诺站起来，走到阳台上。海上很平静，海浪声小得像是孩子的呼吸声。他站了一会儿，又回到屋里坐下。

"听着。所以你不想告诉我那位……那位先生的名字，只能这么称呼他了。"

"不是我不想，是我不能告诉你！"马尔兹拉尖叫了起来。

"好吧，镇定点。别发火，不然鼻子又要流血了。我会让你给我做件事。"

"什么事？"

"你知道我可以把你送上法庭吗？"

"知道。"

"那样你就彻底毁了。你会失去医院的工作，你太太也不得不卖掉她的店。"

"我明白。"

"所以，如果你的脑子还有一丝理智的话，就只能这么做。

如果那个家伙给你打电话，马上告诉我。就这样。接下来的事情警方会处理的。"

"那您可以不让我牵涉其中吗？"

"我不能保证，但我会尽量降低你的损失。我给了你承诺。你走吧。"

"谢谢您，"马尔兹拉说完，站起来，颤颤巍巍地向门口走去。

"不客气，"蒙塔巴诺回答。

※

蒙塔巴诺没有马上上床睡觉，而是拿着半瓶威士忌走出房间，坐在阳台上喝酒。每灌一口，他就把酒瓶高举在空中，向那个一直尽力逃跑却最终失败的小战士致敬。

10

　　一个令人反感、多风的早晨，黑压压的乌云快速移动，挡住了太阳。这让蒙塔巴诺本就阴沉的心情更加糟糕了。他走进厨房，煮了一杯咖啡，抿了一口，抽完一根烟，接着做他每天早晨必做的事情：洗澡、刮胡子、套上已经穿了两天的衣服。出门前，他回到厨房，想再喝一杯咖啡，可是只往杯子里倒了一半，剩下的全倒在了裤子上——他的手腕毫无预兆地向下翻了过去。他骂骂咧咧。然后他脱下衣服，把外套扔到椅子上，等着阿德莉娜清洗熨烫。他把裤子口袋里的东西全拿出来，放进要穿的外套口袋里，却惊讶地发现了一封未拆封的信。哪儿来的？他想起来了。这是坎塔雷拉给他的，据说是那个记者本丢·彼拉多亲自送过来的。他的第一反应是扔进垃圾桶，可是不知出于什么原因，他决定看看信，虽然他一般不回信。他的目光落在底部的签名上：丰索·萨拉多，坎塔雷拉错读成了本丢·彼拉多。这封信很简短，写信人已经在蒙特巴诺的心中加了分。

　　尊敬的蒙塔巴诺警长：

　　　　我是一名自由记者。我给各家报社和杂志社都写过稿子，不过不受雇于任何一家。我对很多事件都做过深入调查，包括布伦塔区域的黑手党、从前苏东国家走私武器的事情，最近正在调查亚得里亚海沿岸和地中海地区的非法移民现象。

几天前的一个晚上，在一批遇难者登岸时，我在港口的码头上看到了您。我对您仰慕已久，希望我们见上一面，交换意见，必对双方大有裨益（不是采访，绝对不是：我知道您有多讨厌采访）。

此页下方是我的联系电话。

我会在岛上多待两天。

敬上

丰索·萨拉多

蒙塔巴诺喜欢他的字。他决定一上班就马上联系记者——如果他还在岛上的话。

※

早上，他走进警局的第一件事就是叫坎塔雷拉和米米到他的办公室。

"坎塔雷拉，仔细听好了。一位名叫马尔兹拉的先生会打电话给我。一接到就转接给我。"

"不好意思，警长，"坎塔雷拉插了一句，"您说这位马尔兹拉先生叫什么名字？卡尔迪拉？"

蒙塔巴诺放心了。如果坎塔雷拉又开始念错名字，那说明世界末日还早着呢。

"圣母玛利亚保佑，你自己都说了，他是马尔兹拉先生，怎么又成卡尔迪拉了？！"

"我说了吗？"坎塔雷拉有些吃惊，"看在上帝的面子上，他叫什么名字？"

蒙塔巴诺拿出一张纸，用红色记号笔，写下大写加粗的"MARZILLA"，递给了坎塔雷拉。

"念。"

坎塔雷拉读对了。

"很好，"蒙塔巴诺说，"你把这张纸贴在电话旁边，这个人一打电话来，你就转接给我，不管我在办公室还是在阿富汗。明白了吗？"

"明白，警长。您放心去阿富汗吧，我会第一时间转接给您的。"

"萨尔沃，这么一件小事你为什么让我在旁边看着？"坎塔雷拉刚出办公室，米米就问道。

"因为我想让你一天问坎塔雷拉六次，马尔兹拉有没有打电话过来。上午三次，下午三次。"

"能不能告诉我这个马尔兹拉是谁？"

"如果你乖乖地完成任务，我会告诉你的。"

整个上午什么都没发生，只有些杂事：一家人原本吵得鸡飞狗跳，打电话要求警察介入，加洛和加鲁佐本想从中调解，这家人却瞬间抱成一团，和警察闹翻了；一位副市长脸色苍白地递来了一份报告，说发现一只喉管被割断的兔子钉在他家前门上；一位男士在汽车加油站被开车经过的人开枪射击，不过并未受伤，且快速跑回车内离开，加油站工作人员没来得及看到他的车牌号；还有几乎每天都会发生的超市抢劫。另外，记者的电话一直是关机状态。简而言之，如果蒙塔巴诺再不把自己喂饱，他就该关机了。于是，他去恩佐餐厅吃午饭作为慰藉。

※

大约下午四点，法齐奥打电话来了。他是从斯皮高内拉用手机打来的。

"警长？我发现了新情况。"

"说说。"

"这里至少有两个人说他们见过你在海里发现的那个人。他们辨认过这个人留胡子的照片后，确认就是他。"

"他们知道他叫什么吗？"

"不知道。"

"知道他住哪儿吗？"

"不知道。"

"他们知道他在那里做什么吗？"

"不知道。"

"那他们到底知道什么？"

法齐奥并未直接回答。

"警长，您为什么不来一趟呢？你自己看不就得了。您可以沿着海岸过来，这条路经常堵车，或者也可以从蒙特卡洛过来，沿……"

"我知道路。"

就是他去看小男孩被撞死的地点时走的那条路。他打电话给英格丽，他们约好共进晚餐的。英格丽说很抱歉，她丈夫邀请了一些朋友到家里吃晚餐，没有提前告诉她，今晚她要在家里招待客人。两人约好第二天晚上八点半左右在警局见面。如果到时候他不在局里，英格丽会等着他。

他又试着打电话给那位记者，这次拨通了。

"警长！我还担心您不会打来呢。"

"我们可以见一面吗？"

"什么时候？"

"马上，如果可以的话。"

"可能不行。我必须飞往的里雅斯特，这一天不是在机场就是在飞机上。幸好，我妈的病不像我妹妹说的那么重。"

"我很高兴听到这个消息。所以？"

"我们这样吧。如果一切顺利的话，我希望明天能搭飞机去罗马，然后赶回去。一回去我就告诉您。"

※

蒙塔巴诺刚经过蒙特卡洛，转弯到了去斯皮高内拉的路上，一会儿就看到了通往特里卡塞的路口。一开始他犹豫了一下，后又下定决心——他最多只在这里停留十分钟。他转动方向盘去了那条路上，那个老农今天没有下地。周围一片寂静，连一声狗吠都没有。石堆上的野花已经枯萎了。

他使出浑身解数从这条颠簸不平的羊肠小道上掉头，返回去

122

斯皮高内拉的路上。接着，他看到法齐奥的车停在一幢两层的白色别墅旁，法齐奥就在车旁等着他。别墅看起来没人居住，再往下看就是波涛汹涌的大海。

"从这幢房子开始就进入斯皮高内拉镇了。我们最好开我的车。"法齐奥说。

蒙塔巴诺坐上车，法齐奥发动引擎，开始向他解释道：

"斯皮高内拉镇在多岩石的高原地带。如果想到海边，就必须沿着直插在岩石里的台阶上下，要是在夏天就惨了。也可以开车沿着你刚才走的那条去特里卡塞的路到海边，然后从刚才那幢建筑一路开过来。明白了吗？"

"明白。"

"另外，特里卡塞就在海边，但它有些不同。"

"怎么说？"

"我的意思是说，斯皮高内拉的别墅都是有钱人建起来的，比如律师、医生和商人。特里卡塞则都是小房子，一个挨着一个，住户也并不多。"

"但这些小房子和别墅一样，都是违章建筑，对吗？"

"当然，警长，但我的意思是，这里的别墅都很隐蔽，看到那边了吗？高墙电网后面种着茂密的植物……从外面很难看到里面的情况。但特里卡塞的房子却是开放的，好像在互相对话一样。"

"法齐奥你什么时候变成诗人了？"蒙塔巴诺问道。

法齐奥有点脸红，他回答，"偶尔。"

一路开到高原边缘后，他们下了车。站在悬崖顶上，海浪忽而拍上海岸，泛起一层白色的泡沫，落下时又淹没了一片沙滩。这条海岸线有些特别，沿岸都是耸立的礁石，而不是平坦的沙滩。岬角顶上建着一幢独立的别墅，宽阔阳台看起来像是悬在海面上空。沿岸都由高大的石块连成，有些看起来像是独石柱，连在一起却形成了一片封闭的私密空间——当然，这是不合法的。除了海和石头，没有其他可看的。于是，两人又回到了车里。

"现在我带你去见见那两个人？"

"不，"蒙塔巴诺说，"没什么意义。你可以之后告诉我他们说了什么。现在回去吧。"

回警局的路上，他们一辆车都没有碰到，沿路也没有车停在路边。

路过一幢非常豪华的别墅时，他们看到一个男人坐在藤椅上，抽着一支烟。

"那位男士，"法齐奥说，"就是说看到过照片里男人的两位当中的一个。他是那幢别墅的看门人。他跟我说，大约三个月前的一天，他看到一辆车风驰电掣地开过去，当时他就像现在这样坐在门外。那辆车突然停在他面前，一个人从车上走了下来——就是照片上那个男人。他说自己车子的汽油用完了，所以这位看门人为他去蒙特卡洛外的汽车加油站取一桶汽油。他带回汽油的时候，那个男人还给了他一百欧元的小费。"

"所以，他不知道那个男人从哪儿来。"

"是的。而且他之前从没见过这个男人。至于另一个认出照片的男人，我只能给你一个大概的介绍。他是个渔夫，当时正带

124

着一整筐鱼去蒙特卡洛卖鱼。他说他是在三四个月之前，在沙滩上看到过照片里那个人。"

"三四个月之前？当时正是隆冬！他在沙滩上干什么？"

"那个渔夫也是这样想的，他当时正要开船靠岸，就看到那个男人站在附近的一块石头上。"

"石头上？"

"对，就是悬空阳台下的那些石头。"

"他当时在干什么？"

"没干什么。他望着海，在打电话。不过渔夫看清他了，因为那个男人突然转过身来盯着他。渔夫说，他感觉那个人好像想跟他说些什么。"

"比如呢？"

"比如滚开……我接下来该做什么呢？"

"我不明白你什么意思。你应该做什么？"

"我该继续调查？还是到此为止？"

"好吧，继续调查下去也是浪费时间。你可以回警局了。"

法齐奥如释重负地松了口气。从一开始，这个调查就不顺他的意。

"你不一起回去？"

"我随后就到。现在还需要在蒙特卡洛多待一会儿。"蒙塔巴诺答道。

※

这是赤裸裸的谎言，他在蒙特卡洛根本没什么事情要做。他跟着法齐奥的车开了一段，接着等他开远，他就掉头返回了原路。斯皮高内拉给他留下了深刻印象。有可能吗？整个居民区里，除了那个抽烟的看门人就没有任何人？而且他连一条狗都没有看到，一只野猫都没有。这是个可以为所欲为的地方，比如跟女人幽会、开地下赌场、搞滥交派对。任何人只需要仔细挡住窗口，不让一丝光线透进来，就没人知道屋里到底发生了什么。每幢别墅的院子里都有足够的空间停车，在大门和高墙内，一旦门关上了，就毫无痕迹，像没有任何车进过别墅一样。

开车在周边徘徊时，他有了一个想法。于是，他刹车然后下车，在四周游走，仔细观察，时不时地踢着路上的小白石头。

那个小男孩从维加塔的码头就开始逃跑，而他的生命就终结在斯皮高内拉附近。他几乎可以确定，那个孩子被撞时是刚从斯皮高内拉逃出来。

蒙塔巴诺在游泳时遇到那个陌生男子也是来了斯皮高内拉，结果就在这里葬送了性命。这两件事情似乎平行发生，虽然不应该是这样的。他回想起了一位政客被红色旅团杀害后产生的一句流行语：平行汇聚。那个汇聚的终点不正是斯皮高内拉的鬼城吗？怎么不是？

可是从何查起呢？他是否应该试着找出这些别墅的主人呢？他当下就觉得这完全不可能。因为这些别墅都没有经过审批，去土地注册局或市政部门查询根本没用。蒙塔巴诺感到有些沮丧，往身后的一根电线杆靠去，肩膀刚触到电线杆的木头上那一刻，便突然一步跨开，像是被什么震了一下。电！没错！所有的城镇都要用电，所以户主都要签字申请搭接电线。但他的热情很快就消退了。他已经可以想象到电力公司会怎么回复了：因为斯皮高内拉的街道和街道号码都没有得到审批，简言之，斯皮高内拉没有地址，所以用电记录都送到户主的常住地址去了。找出这些户主肯定用时漫长，困难重重。而且，如果他想问要用多长时间，得到的回答肯定是含糊其辞。要不要试着联系电话公司？没错！

不过电话公司的回复肯定和电力公司的回复差不多。要不试试移动电话公司？那个渔夫不是说，他看到溺亡的那个人时，他正在打手机吗？然而希望不大。不管他走哪条路，都是此路不通。他忽然有一个想法，于是上了车，发动引擎开走了。这里的路不太好找，他两三次都回到了同一幢别墅旁边，最后才远远看到他想找的那幢建筑。看门人还在椅子上坐着抽烟。蒙塔巴诺下车，走向那个人身边。

"下午好。"

"既然您这么说……下午好。"

"我是一名警长。"

"我认出来了。刚才您和另一位警官来过，他给我看过一张照片。"

这个看门人的眼睛很锐利。

"我想问你些事。"

"问吧。"

"你在这边见过很多移民吗？"

看门人有些诧异地看了他一眼。

"移民？先生，没有外国移民，也没有本国移民，连新住户都没有。全都是常住的这么些人。移民！开玩笑吗？"

"为什么你觉得这么荒谬可笑？"

"因为这里私家安保车每两个小时就巡逻一次。而且这些家伙……如果他们看到任何移民，一定会一脚把他们踢走，从哪儿来的回哪儿去！"

"那为什么我今天一个安保人员都没看到？"

"因为他们今天休息半天。"

"谢谢。"

"不，是我该谢谢您陪我打发了些时间。"

蒙塔巴诺回到车里，离开了。但当他开到跟法齐奥看过的那幢红白建筑前时，他掉了个头。他知道在这儿什么东西都找不到，可就是不想离开。他又把车开在悬崖边缘停下。天色已经开始变暗了。在灰蒙蒙的天色下，这幢有多个阳台的别墅让人觉得阴森恐怖。虽然有这些豪华别墅、围墙边上悉心栽种的大树，还有郁郁葱葱的草木，斯皮高内拉看起来仍是一片荒地。当然，所有海边城镇，尤其是依靠旅游业发展起来的，到了淡季都是一片荒凉。但斯皮高内拉自建起村庄就是这样，开始就意味着结束。蒙塔巴诺回到车上，一路开回了维加塔。

"坎塔，马尔兹拉打电话来了吗？"

"没有，警长。不过本丢·彼拉多打电话来了。"

"他说什么？"

"他说今天赶不上飞机了，但明天可以，下午过来。"

蒙塔巴诺回到办公室，不过并没有坐下，而是立马拨了电话出去。到达警局门口停车时，他想起了一件事情，于是想打电话问问。

"阿尔巴内塞太太吗？晚上好，您最近怎么样？我是蒙塔巴诺警长。您能告诉我您丈夫今天什么时候打渔回来吗？啊，他今天没有出海？现在在家吗？我可以跟他说话吗？奇乔，你今天在家做什么？感冒了？现在好些了吗？全好了？行，那就好。是这样，我想问你些事情……去哪儿？我去你家吃晚饭呗，私下谈谈。我真的不想让你牵涉其中，或者给你太太带来任何麻烦……吃什么？新鲜乳清奶酪意面吗？还有银鱼？我半个小时就到。"

※

整顿饭他都没能说什么，一直都是奇乔·阿尔巴内塞在问他：

"警长你来这里想问我什么？"

但蒙塔巴诺没有回答，他只是摆了摆左手食指，示意奇乔等一会儿，再等一会儿。他的嘴里塞满了食物，他可不想张嘴，让空气稀释了唇齿之间他留恋的美味。

晚饭后喝咖啡时，他对阿尔巴内塞太太的厨艺大加赞赏后，觉得是时候问问他想问的事情了。

"你说的没错，奇乔。有人三个月前在斯皮高内拉看到那个男人出没。事情的发展肯定是像你说的那样：他们先杀了那个男人，然后在斯皮高内拉附近把他扔下海。你真厉害，名不虚传。"

奇乔·阿尔巴内塞毫不犹豫地接下了这番赞誉，这是他应得的。

他只是问："我还能为你做什么呢？"

蒙塔巴诺告诉了他。阿尔巴内塞想了一会儿，转头看向他太太。

"塔尼诺现在在蒙特鲁萨还是巴勒莫？你知道吗？"

"今天早上我姐姐说他在蒙特鲁萨。"

阿尔巴内塞觉得在打电话去蒙特鲁萨之前，有必要跟蒙塔巴诺解释一下。

"塔尼诺是我太太的侄儿。他在巴勒莫学法律。他爸爸在特里卡塞有一座房子，塔尼诺经常去那儿。他有一艘小艇，还喜欢潜水。"

阿尔巴内塞打电话只用了五分钟。

"塔尼诺约你明天早上八点见面。我跟你说说怎么过去。"

※

"法齐奥吗？很抱歉这个时候打扰你，我之前好像看到咱们一个同事有一架小型摄像机……"

"是的，是托雷斯，警长。他刚从托雷塔那儿买的。"

没错！托雷塔真是把整个桑给巴尔市场都搬到警局了！

"让托雷斯马上到马里内拉来，带上他的摄像机还有一切配件。"

11

　　一大早打开百叶窗，窗外的世界像以往一样多彩明亮，蒙塔巴诺的心情也振作起来。洗澡的时候，他还唱起歌来，他很少唱歌，因为有些五音不全。虽然他并不会迟到，但还是一路赶着时间——他很想快点从家里去特里卡塞。开着车，他发觉自己的车速真的很快。到斯皮高内拉和特里卡塞的岔路口时，他不自觉地左转弯，再一个拐弯，然后就来到了那个小石堆旁。野花已经不见了，一个工人正推着独轮车运走石子。不远处还有两三个工人在修路。这些目睹小男孩之死，证明他曾存在于这个世界的东西也都消失了。如今，他小小的身体一定被埋在蒙特卡洛墓地里，墓碑上连名字都没有。到了特里卡塞，他小心地按着奇乔·阿尔巴内塞给他的路线往前开，开到靠近海岸的地方后，缓缓地停在了一所黄色的小房子前。一个可爱的小伙子站在门前，穿着短裤，赤脚，二十岁上下的样子。一艘橡皮艇就停在不远处。蒙塔巴诺跟小伙子握了握手——他就是塔尼诺。他好奇地打量着蒙塔巴诺，这时蒙塔巴诺才发觉自己打扮得像个游客——手里拿着摄像机，胸前还挂着双筒望远镜。

　　"我们现在走吗？"塔尼诺问他。

"当然。我先把衣服脱了。"

"好的。"

蒙塔巴诺走进屋子，出来时一身泳装。塔尼诺锁好门，接着两人上了艇，塔尼诺问："我们去哪儿呢？"

"你叔叔没跟你说吗？"

"我叔叔只让我把时间空出来。"

"我想沿着斯皮高内拉的海岸看看，但我不希望有人看到我们。"

"谁会看到我们，警长？每年这个时候斯皮高内拉连个鬼都没有。"

"按我说的做。"

在海上行驶了约半个小时后，塔尼诺慢慢减速。

"那边是斯皮高内拉的第一批房子。这个行驶速度你可以接受吗？"

"非常好。"

"我再开近一点？"

"不用。"

蒙塔巴诺抓起摄像机，却惊恐地发现自己不会用。托雷塔昨晚给他的说明书在他脑子里一片模糊。

"圣母玛利亚！我什么都记不起来了！"他抱怨道。

"我试试？我家那个摄像机跟这个差不多。"

他们交换了位置，蒙塔巴诺一手掌舵，一手拿起双筒望远镜向远处望去。

"到这儿就出了斯皮高内拉了，"塔尼诺指着一点，转头看向他。蒙塔巴诺陷入了思绪，没有回答。望远镜垂在他的胸前。

"警长？"

"嗯？"

"我们现在做什么呢？"

"回去吧。如果可能的话，开的离海岸近一些，慢一点。"

"好的。"

"还有，到那幢有大阳台的别墅前的时候，可以把镜头放远一些，拍清楚水底的石头吗？"

他们又看了一遍斯皮高内拉，然后开走了。

"接下来呢？"

"你确定拍清楚了吗？"

"我保证。"

"好，那回家吧。你知道那幢别墅的屋主是谁吗？"

"嗯。是一个美国人建的，不过那会儿我还没出生。"

"美国人？"

"实际上他是跟着父母从蒙特卡洛移民过来的。他早前来过几次，反正我就知道几次。后来就再没回来过了，据说他好像被捕了。"

"在西西里被捕了？"

"不，在美国，说是因为走私。"

"走私毒品？"

"还有烟草。据说有一段时间，以这里为起点的地中海地区交通都由他掌握。"

"你从近处看过那所房子前面的石头吗？"

"警长，在这里大家都是各过各的，不关心别人的事。"

"最近有人在别墅住过吗？"

"最近没人。不过去年有人住过。"

"就是说别墅被租出去了？"

"也许吧。"

"通过中介公司租出去的吗？"

"警长，我不知道。如果您想知道，我可以去打听一下。"

"不，不用了，谢谢。已经很麻烦你了。"

※

蒙塔巴诺回到蒙特卡洛的中心广场时，时钟显示十一点半。他下车，走进一家中介公司，玻璃门上写着"房产介绍"。屋里只有一个漂亮、客气的小姑娘。

"不，我们没有经手过您说的这幢别墅。"姑娘答道。

"你知道是谁经手的吗？"

"不知道。是这样，这些豪华别墅很少找中介公司，至少不会找这里的中介公司。"

"那他们一般通过什么途径把房子租出去呢？"

"您懂的，别墅屋主都很富有，互相认识……他们只需要在圈里放出话去……"

那些家伙也是从圈子里得到消息的，蒙塔巴诺想。

这时，姑娘注意到了他的望远镜和摄像机，问道："您是游客？"

"你觉得呢？"蒙塔巴诺回答说。

※

在海上坐了这么长时间的船，他现在感觉很饿，肚子咕咕叫。虽然此时最正确的选择是直接去恩佐餐厅，但他只能回家看看冰箱和烤箱里有什么，碰碰运气——他需要马上看看摄像机里录了些什么。一到家，蒙塔巴诺就奔进厨房，看阿德莉娜给他做了什么饭。在炉子上，他发现了焖兔肉——不仅出乎意料，更是美味绝伦。翻热兔肉的时候，他拨了个电话出去。

"托雷斯吗？我是蒙塔巴诺。"

"一切顺利吗，警长？"

"应该是的。你能一个小时内赶到我这儿吗？"

如果是独自吃饭，每个人都会放纵一些，做些在办公室想都不敢想的事。有些人只穿内裤坐在桌子旁吃饭，有些人会躺在床上吃饭，或者边看电视边吃。蒙塔巴诺则通常用手抓着吃饭。今天他用手抓着吃完了焖兔肉之后，在厨房洗了半个小时手才冲掉手上的油脂和兔肉味。

门铃响了。是托雷斯。

"看看我今天录了些什么。"蒙塔巴诺说道。

"警长，看一下，您可以这样操作，按下这个开关，然后……"

托雷斯边说边给他演示着，但蒙塔巴诺根本没听他说什么。他对这类事情是不抱希望了。接着，塔尼诺拍摄的第一段视频出现在了电视屏幕上。

"拍得真不错啊，警长！"托雷斯夸道。"您真的很棒，就昨晚上了一节课……"

"没什么，不难。"蒙塔巴诺谦虚道。

第一段视频里，别墅下方的石头看起来像是大嘴里参差不齐的一排牙，有的突出来，有的凹进去，有的短，有的长，有的歪歪扭扭，有的整齐竖立。返程的那一段视频里，那排石头看起来又像是嘴里缺了一颗牙，露出窄窄的缝隙，只能通过一艘小汽艇。

"在这儿停一下。"

蒙塔巴诺仔细研究着影像。这个缝隙看起来很奇怪，海水通过缝隙时好像犹豫了一下，甚至要掉头流走似的。

"能放大吗？"

"不能，警长。"

塔尼诺长焦拍下的那一幕里，可以看到一个非常陡峭的阶梯，从别墅直直地插入那排石头自然形成的小海湾里。

"请退回去一点。"

这回蒙塔巴诺注意到石头上钉入了一些金属杆，焊成很高的金属栅栏，别人根本爬不过去，也看不到小海湾里发生了什么。这样一来，不只建筑本身是违建，屋主还非法截断了海岸线。因为到某一处，路就被金属栅栏挡住了，就算是爬石头也过不去，所以没法沿着海岸线走。可惜又看了一次，蒙塔巴诺还是找不出为什么海水在缝隙处的流向这么奇怪。

"可以了，托雷斯。你可以把摄像机拿回去了。"

"警长，有一个办法可以放大图像。我可以把图像复制，打印出来，交给坎塔雷拉扫描，然后……"

"好的，好的，你去办吧。"蒙塔巴诺打断了他。

"还要夸一下，您拍得很不错。"托里斯边出门边说道。

"谢谢。"蒙塔巴诺说道，脸色如常，一点都没觉得脸红。

※

"坎塔，马尔兹拉打电话来了吗？"

"没有，警长。不过我想跟您说，今早来了一封信，要求您亲自打开。"

信封上什么都没写。警长打开信封，里面有一份剪报。他仔细找了找，没有别的东西。剪报是一篇 3 月 11 日的文章，电头是科森扎，标题是《逃犯埃雷拉的尸体被发现》：

> 昨日清晨六点，牧羊人安东尼奥·贾克比诺赶羊群通过铁路旁的一条小径时，发现了一具尸体。警察得知消息后迅速赶赴现场，目前正在进行初步调查。这明显是一场事故。此人应是由于近日下雨路滑而滑倒在路堤上，当时 11 点开往科森扎的快车刚好通过。列车工作人员向警察表示，他们在经过出事地点时并未发现任何异常。当局从他钱包里的证件和结婚戒指断定出受害人的身份。受害人名叫埃内斯托·埃雷拉，被科森扎法院判处持枪抢劫罪，后越狱逃亡。传闻他最近在布林迪西一带活动，非法运送移民，与阿尔巴尼亚黑手党关系甚密。

这就是全部内容。没有签名，没有任何说明。蒙塔巴诺看看信封上的邮戳：科森扎。这到底什么意思？或许这就是说明。或许其中有某种隐情。他的同事瓦迪亚托很可能提到蒙塔巴诺干了一件蠢事，说他发现的尸体是一个已经去世下葬的人，而当时在场的人中有不赞成瓦迪亚托，便决定把剪报寄给他。因为这篇短文，在一定程度上对瓦迪亚托的断言构成了质疑。寄剪报来的人实际上在传递一个很简单的问题：能否只根据钱包里的证件和一只婚戒就做出身份判断，谁能完全确定这具被车碾过的、残缺不全的尸体就真的是埃雷拉呢？难道不会是埃雷拉杀了一个跟自己长相相似的人，然后把他的钱包塞到这个人的口袋里，把婚戒戴在他的手上，然后把他扔到铁轨上，目的就是让尸体被列车碾过而变得血肉模糊，难以辨认吗？他为什么要这么做呢？动机很明显：为了让警察和宪兵以为他死了，停止搜捕他，这样他就可以在布林迪西平静度日。

蒙塔巴诺马上发现这些推测像是小说桥段一样。他叫来了奥杰洛·米米，米米进来的时候脸色不好。

"不舒服吗？"

"让我自己待会儿，萨尔沃。我整晚都在帮助贝巴，她遇上了难产。有什么事吗？"

"有件事我想听听你的建议，不过我想先让你听些事情。坎塔雷拉！"

"到，警长！"

"坎塔，跟奥杰洛警长说说你对埃雷拉的判断，就像你跟我说的那样。"

坎塔雷拉双脚一并，"我跟警长说，也许，只是也许，那个家伙可能死而复生，又在水中被害了。"

"谢谢，坎塔。你可以出去了。"

米米目瞪口呆地看着蒙塔巴诺。

"怎么？"蒙塔巴诺问道。

"听着，萨尔沃。一分钟之前，我还在想，你辞职对我们所有人来说都是一个悲剧。但现在，看看你的精神状况，我现在觉得你走得越快越好。这算什么？现在你开始相信坎塔雷拉那些无稽之谈了？又在水里被害？"

蒙塔巴诺一言不发，把剪报递给米米。

米米看了两遍，然后放在桌上。

"你觉得这是什么意思？"他问道。

"是有人想告诉我，那具在科森扎下葬、确认身份为埃内斯托·埃雷拉的尸体，可能不是真的埃内斯托·埃雷拉。不过，我得承认，可能性不太大。"蒙塔巴诺说道。

"你让我看的这个，是记者在尸体残骸被发现两三天后写的。而且上面没有说科森扎的同事有没有采取更多行动，是否做进一步的调查，以作更具体的身份确认，比如法医鉴定、指纹确认等等。但他们肯定做了这些调查。而且，如果你试图挖出关于这个案子更多的线索，你就很可能陷入了他们设好的陷阱。"

"你在说什么？！"

"你知道这张剪报是谁寄给你的吗？"

"或许是科森扎警局里有谁听到瓦迪亚托嘲弄我，这个人想给我个机会发掘真相。"

"萨尔沃，你了解瓦迪亚托吗？"

"不很了解，只知道他脾气很坏。"

"来这边工作之前我和他共事过。他就是个混蛋。"

"可他为什么寄这个东西给我？"

"为了激起你的好奇心，开始探问埃雷拉的事情。这样他就可以带着整个科森扎警局的人嘲笑你。"

蒙塔巴诺半站起身，在胡乱堆在桌子上的一堆文件里翻找出了埃雷拉的档案和照片。

"再看看这些，米米。"

米米左手拿起有埃雷拉照片的档案，一张一张翻看，右手拿着蒙塔巴诺发现的那具尸体的电脑面貌重构图片，拿近眼前仔细比较。接着，他摇了摇头。

"抱歉，萨尔沃。我还是坚持我的看法。这完全是两个人，虽然他们看起来很像。还有其他事情跟我说吗？"

"没有了，"蒙塔巴诺断然说道。

奥杰洛生气了。

"萨尔沃，我遇到的问题已经够多了，我已经快崩溃了。不要再制造问题给我了。"

"说清楚。"

"你想要听解释吗？你生气是因为我坚持认为你找到的那具尸体不是埃雷拉。你知道吗，你真的很过分。难道我该说，是的，他们是同一个人，只是为了让你高兴吗？"

米米一摔门走了出去。

※

还没过五分钟，门又砰的一声被撞开，撞到墙上弹回去，关上了。

"对不起，警长。"坎塔雷拉的声音从门后传出来。

接着，门缓缓地开了一道缝，坎塔雷拉钻了进来。

"警长，我是来跟您说件私事的，托雷斯交代我的。"

是他在斯皮高内拉拍的别墅下面的石头的放大图片。

"这是放到最大了，警长。"

"谢谢，坎塔，干得不错。"

蒙塔巴诺只瞥了图片一眼，就知道自己做对了。

那两块高石形成了天然小海湾的狭窄入口，中间连着一条直直的黑线，离水面约一英尺高，海水流过时从这里分成两股。这一定是一条只能从别墅内部打开的铁链，以防有任何船从这里通过。当然，这或许并无疑点，但肯定意味着这里不欢迎不明身份的访客。蒙塔巴诺凑近了仔细研究那些石头，又发现了让他好奇的东西，大约是在水上三英尺的地方。他一直盯着研究，眼睛都花了。

"坎塔雷拉！"

"到，警长！"

"去找托雷塔借个放大镜。"

"马上，警长。"

他猜对了，托雷塔果真什么都有。坎塔雷拉借来了一个大的放大镜递给他。

"谢谢，你现在可以走了。记得关门。"

他可不想被米米或者法齐奥看到现在自己这个夏洛克·福尔摩斯似的模样。

有了放大镜的帮助，他成功找出了自己的目标物。狭窄的入口两边有两盏小灯，供晚上或者可见度不高的天气照明使用，这样就可以让人看清入口两边，以防有船通过时撞到石头。这灯肯定是别墅的原主人安装的，那个美国走私犯，这些设备一定对他大有用处。而且，后续的房客也一直在维护这些设备。蒙塔巴诺思考了很久。渐渐地，他开始考虑，如果可能的话，他或许应该再去近距离观察一下那片海域。而且，最重要的是，他的行动一定要保密，不能让任何人知道。

他看了一眼手表。英格丽应该快到了。他从口袋里拿出钱包，看看现金是否还够吃晚饭。这时，坎塔雷拉突然探头进来，气喘吁吁地说道："啊，警长！英格丽小姐正在外面等您！"

※

英格丽让蒙塔巴诺坐她的车去。

"开你的车我们永远也到不了那里，太远了。"

"那你为什么要带着我？"

"到了你就知道了。你可以偶尔吃吃别的，不用一直吃鱼，不是吗？"

英格丽喋喋不休了一路，车子一直匀速开到一片旷野农屋前才停下。这里真的是个餐厅吗？还是英格丽搞错了？蒙塔巴诺看到门前停着的十几辆车，这才确信了。英格丽一走进门，就跟所有人打招呼，大家也都回应了她，她像是这里的一分子。餐厅经理看到她马上跑了过来。

"萨尔沃，你要跟我吃一样的菜吗？"英格丽问他。

就这样，蒙塔巴诺享受了一顿盛宴：浇有微咸新鲜里考塔奶酪的手指面，上面还撒着佩科里诺绵羊奶酪和黑胡椒碎。这道菜得配着红酒吃，恰巧这里红酒要多少有多少。第二道菜是红酒和浓缩番茄汁腌过的猪肋排。吃完结账的时候，蒙塔巴诺脸色骤然发白：他把钱包落在办公桌上了。于是，只能由英格丽付了款。回去的路上，车子歪歪扭扭像跳华尔兹。回到警局时，蒙塔巴诺让英格丽等等，他回办公室去拿钱包。

"我跟你进去吧，"她说，"我还没看过你的办公室呢。"

他们进了办公室，蒙塔巴诺绕到办公桌前拿钱包，英格丽跟着进来。他抓起钱包的时候，英格丽看到了桌上的照片，拿了起来。

"为什么你桌上会放着尼尼的照片？"

12

　　一瞬间，一切都停止了；一瞬间，整个世界都安静了，所有的噪音都消失了。飞向蒙塔巴诺鼻尖的苍蝇都停在了空中，只有翅膀还在动。英格丽没有得到回应，抬起头看看蒙塔巴诺。他看起来就像是尊雕塑，钱包从夹克口袋中露出一半，大张着口，愣愣地看着英格丽。

　　"为什么你有这么多尼尼的照片？"英格丽拿起桌上剩下的照片，又问了一遍。

　　这时候，一阵激烈的西南风在蒙塔巴诺的脑中来回翻转，他根本控制不了自己。什么？！他们翻遍了各个角落，打电话问科森扎警局，查遍了所有档案，问了所有可能的目击者，找遍了斯皮高内拉的陆地、海域的边边角角，想知道这个人到底是谁，然而今天，英格丽只是顺便来看一眼，这么淡定就喊出了这个人的昵称？

　　"你，你，你……应，应……"

　　蒙塔巴诺很努力地想问出话来：你认识他？但英格丽误解了他的意思，打断他道："应该叫他德鲁尼奥，我以前肯定跟你提过他。"

她说得没错。那晚他们在阳台上喝着威士忌的时候，她跟蒙塔巴诺提过这个人。她说她跟这个人在一起过，但后来分手了，是因为……因为什么来着？

"你们为什么分手了？"

"是我提出来的。他的某些地方让我觉得不舒服……我总是带着防备……和他相处我从来没有放松过……即使并没有什么缘由……"

"他跟你提出了……不寻常的要求吗？"

"床上吗？"

"嗯。"

英格丽耸耸肩说，"没有比其他男人更特别的要求。"

为什么他听到这些话产生了可笑的嫉妒和荒谬的刺痛感？

"那么，到底是什么原因呢？"

"只是一种感觉，萨尔沃。我说不清楚……"

"他说过自己是做什么的吗？"

"他曾经是一艘油轮的船长……后来找到了接班人……实际上，他没有在工作。"

"你怎么遇到他的？"

英格丽笑了，"机缘巧合。在加油站，排队的人很多，我们排着队就聊起来了。"

"你们通常去哪里约会？"

"一个叫斯皮高内拉的地方。你知道在哪儿吗？"

"是的，我知道。"

"不好意思，但我想问，萨尔沃你这是在讯问我吗？"

"我只能说是的。"

"为什么？"

"我稍后跟你解释。"

"你介意我们换个地方继续谈吗？"

"为什么，你不喜欢在这儿谈吗？"

"不喜欢。在这里谈，你问我这些问题的时候……你完全变了个样子。"

"变了个样子？"

"是，完全变样了，很陌生。我们可以去你家里谈吗？"

"如果你愿意的话，可以。不过我们谈完之前，没有威士忌给你喝。"

"好的，警长先生。"

※

他们各自开车去往蒙塔巴诺在马里内拉的家，不出所料，英格丽比他早到了很久。

蒙塔巴诺进屋，打开了阳台的落地玻璃门。

今晚天气很温和，或许有些太温和了。空气中夹杂着海水和薄雾的味道。蒙塔巴诺深吸了一口气，肺里满是空气中的香甜。

"我们在阳台上坐着谈怎么样？"英格丽问。

"不，还是在屋里更好。"

他们在餐桌前相对而坐。英格丽看着他，有些困惑。蒙塔巴诺把自己从警局带回来的信封摆在面前，里面放着德鲁尼奥的照片。

"能告诉我为什么你对尼尼这么感兴趣吗？"

"不能。"

英格丽有些受伤，蒙塔巴诺已经感觉到了。

"如果我现在告诉你，可能会影响你的回答。你叫他尼尼，这是安东尼奥先生的昵称吗？"

"不，他叫埃内斯托。"

这是巧合吗？通常人们在更换身份的时候也不会改掉姓名首字母。德鲁尼奥和埃雷拉都叫埃内斯托，这是否意味着他们是同一个人？还是慢慢确认吧，一步一步来。

"他是西西里人吗？"

"他从来没跟我说过他是哪里人。不过，他说曾经和一个叫卡坦扎罗的女生结婚，结婚两年后他妻子就去世了。"

"他说的是卡坦扎罗吗？"

英格丽似乎有些犹豫，她舔了舔嘴唇。

"要不然是科森扎？"她可爱地皱皱眉，"我的错。我确定他说的是科森扎。"

这是第二个相同点了！那位埃内斯托·德鲁尼奥先生和埃内斯托·埃雷拉先生之间的第二个相同点。蒙塔巴诺突然站起身，吻了英格丽的嘴角，这让她很疑惑。

"你经常这样做吗？如果你问的那个人给了你想要的回答？"

"是的，特别是当对方是男人的时候。跟我说说吧。你见到尼尼是跛脚？"

"不经常，只有在天气不好的时候有点，不过很难看得出来。"

帕斯夸诺医生是对的。否则没人会知道埃雷拉是不是跛脚。

"你们在一起多久？"

"没多久，一个半月，或许更长一点。不过……"

"不过？"

"我们曾经很热烈。"

蒙塔巴诺又一次没来由地感到嫉妒，觉得有些刺痛。

"你们什么时候分手的？"

"大概两个月之前。"

不久后他就被人杀死了。

"你怎么跟他分手的，详细说说。"

"我早上打他手机，跟他说我当天晚上去斯皮高内拉见他。"

"你们总是晚上见面吗？"

"是的，深夜。"

"所以你们从来没有一起出去吃过饭？"

"没有，我们只在斯皮高内拉见面。他好像不想被别人看到，不管是跟我一起还是自己一个人。这是困扰我的另一件事。"

"继续说。"

"我跟他说我晚上想去他家，但他说当晚不行，他家里来人了，他要跟那个人说点事情。这种事情之前已经发生过两次了。所以我们约好第二天晚上见面。不过我没去，我决定不去。"

"英格丽，坦白说，我不明白为什么，你这么突然……"

"我正要跟你解释呢，萨尔沃。每次我开车到了门口，别墅的前门就会打开，我开车进去，接着是第二道门，也是开着的。

148

当我把车开进车库时，尼尼就会出来关门，他也不开灯。然后我们就上楼梯。"

"什么样的楼梯？"

"别墅有两层，对吧？尼尼租了二楼，从别墅外边的楼梯就能上去。"

"再确认下，他没有租整栋别墅吗？"

"没有，只租了二楼。"

"两层楼之间没有通道吗？"

"有，我听尼尼提过。两层楼之间有一个楼梯，不过门锁着，钥匙在房东手里。"

"所以你只去过二楼？"

"没错。就像我刚才所说，我们沿楼梯上去，直接进到卧室。尼尼是个疯子。我们进到屋里开灯之前，他都要先确保从外面看不到屋里的情况。他不光要把所有的百叶窗都关上，还要拉上很厚的窗帘。"

"说下去。"

"然后我们就脱衣服，开始做爱。"

这次不仅仅是刺痛了，而是锥心剧痛。

"自从那一次我没见到他，我就开始反思这段关系。天知道是为什么。我想到的第一件事是，我从来不喜欢跟他躺着。我的意思是，我不喜欢跟他过夜。做爱后，我会静静躺着，习惯性地抽支烟，盯着天花板。他也是。我们从不说话，没什么话好说。还有窗户外面那些防护栏……"

149

"防护栏？"

"每扇窗上都有，一层的也有，我看到过。虽然窗帘放下后，我看不到了，但这一切让我觉得自己像是在监狱里……有时他会起身对着电台讲话……"

"对着电台？什么样的电台？"

"一个无线电台。那是他的爱好，他是这样跟我说的。他说在海上航行的时候，是电台一直陪着他，一直都是……他的客厅有一台很大的无线电设备。"

"你听到过他对着电台说什么吗？"

"听到过，但我听不懂……通常他说阿拉伯语还是什么的。过一会儿，我就会穿好衣服离开。不管怎么说，那天我开始问自己一些问题，我觉得自己跟他的关系毫无意义；或者，无论怎么说，这段关系维持太长时间了。所以我那天没有去见他。"

"他有你的手机号码吗？"

"有。"

"他给你打过电话吗？"

"当然打过。如果他希望我比约定的时间去得迟一些，或者早一些，他会打电话告诉我。"

"你不再去见他之后，他从来没有找过你，你没有觉得奇怪吗？"

"说实话，有。但他没打电话过来，我就想这是最好的状态了。"

"英格丽，我希望你能努力回忆一下。你在他家的时候，有没有听到屋子的其他角落有什么声音？"

"屋子的其他角落是什么意思？你是说其他房间吗？"

"不是，我是说一楼。"

"什么样的声音？"

"我也不知道，比如声音，响动……比如停车的声音……"

"没有。楼下是空着的。"

"他的电话多吗？"

"我们待在一起的时候，他会把手机关机。"

"他有几个电话？"

"两个。一个是卫星电话。他一开电话，就马上有人打过来。"

"他一直都用阿拉伯语或者什么类似的语言吗？"

"不是，有时候也说意大利语。这种时候他会去另一个房间。不过我并不在意他在电话里说什么。"

"他怎么跟你解释的？"

"解释什么？"

"他接到的这些电话。"

"他为什么要跟我解释？"

这也是实情。

"你知道他在这里有什么朋友吗？"

"我从来没见过他的朋友。我觉得他没有。他很适应这种状态，离群索居的。"

"为什么这么说？"

"有几次他跟我说起自己，他说最后一次航行时，自己的油轮造成了很严重的环境污染。一直有人告他，轮船公司建议他消失一段时间。这样所有的事情都可以解释了：与世隔绝的别墅，为什么他总是待在家里，如此种种。"

蒙塔巴诺想，假设德鲁尼奥跟英格丽说的都是实话，却仍然无法解释德鲁尼奥，或者说埃雷拉，为什么会死在水里。难道是他的轮船公司为了让他销声匿迹，找人杀了他？怎么可能。这场谋杀背后肯定有很多见不得人的动机。按照英格丽对德鲁尼奥的描述，他并不是一个光明磊落的人，藏着很多见不得人的事情。

"回答了这么多，我可以喝点威士忌了吧。警长先生。"英格丽说道。

蒙塔巴诺起身，打开酒柜，庆幸地发现阿德莉娜补了一瓶威士忌在里面。是个新牌子。他从厨房拿了两个玻璃杯，回来，坐下，每个杯子里倒了半杯——两人都不希望杯中有酒剩下。英格丽举起她的杯子，看向蒙塔巴诺。

"他死了，是吗？"

"是。"

"被人谋杀，对吧？如果不是，你也不会接手这个案子。"
蒙塔巴诺点点头。

"什么时候的事？"

"我想，你不再去见他之后他从没打电话给你，是因为他再没办法打电话给你了。"

"那时他已经死了？"

"我不知道他们是立即杀死了他，还是监禁了他一段时间。"

"杀死他……怎么杀死他的？"

"淹死的。"

"你怎么找到他的？"

"实际上，是他找到我的。"

"我不懂。"

"还记得你在电视上看到我赤身裸体吗？"

"记得。"

"我游泳的时候发现的那具尸体就是他的。"

直至此刻，英格丽才举起酒杯，一饮而尽。接着她站起身，走到阳台上，向外走去。蒙塔巴诺抿了一口威士忌，点起一支烟。一会儿，英格丽回到了屋子里，走进卫生间洗了把脸又坐了回来，倒了一杯酒。

"还有要问的吗？"

"还有几个问题。斯皮高内拉的别墅里有什么你的东西吗？"

"什么意思？"

"你有留下什么东西在那儿吗？"

"比如呢？"

"我怎么知道？比如换洗的衣物……"

"内裤？"

"呃……"

"没有，我没有任何东西在那儿。我说过了，我从来没有在那儿过夜。你为什么这么问？"

"因为，我们迟早要搜查那间别墅。"

"这你不用担心。还有问题吗？我有点累了。"

蒙塔巴诺从口袋里拿出照片，递给英格丽。

"哪一张最像他？"

"这不是他的照片吗？"

"这是电脑合成的。他的面部被破坏得很严重，难以辨认。"

英格丽仔细地看了照片，挑了一张留胡子的。

"这张，"她说，"不过……"

"不过什么？"

"有两个地方不对。他的胡子更长一点，形状也不一样，是那种八字胡……"

"还有一点呢？"

"鼻子。他的鼻孔更大。"

蒙塔巴诺从信封中拿出档案。

"那这个呢？"

"是他，没错。"英格丽说，"虽然没有胡子。"

这就没什么疑问了：德鲁尼奥和埃雷拉是同一个人。事实证明，坎塔雷拉的疯狂想法是对的。

蒙塔巴诺站起身来，伸手拉起英格丽。等她完全站起身时，蒙塔巴诺拥抱了她。

"谢谢你。"他说。

英格丽看着他，问道："结束了？"

"我们拿着酒和杯子到阳台上去吧，"蒙塔巴诺说道，"现在可以开始放松地喝了。"

※

　　两人坐在长椅上，靠得很近。这一刻，夜晚夹杂着大海、薄荷、威士忌、杏子的气味，就像英格丽身上散发的气味。这是最好的香水师都调不出的气味。

　　他们没有说话，静静坐着就很开心。喝到第三杯时，英格丽剩下了半杯。

　　"你介意我睡你的床吗？"她喃喃自语道。

　　"你不想回家了吗？"

　　"我不想开车。"

　　"我开车送你回家。你可以之后再来取车。"

　　"我不想回家。不过如果你真的不想我待在这儿，那我只躺几分钟，然后就走。好吗？"

　　"好。"

　　英格丽站起身，吻吻他的额头，回到了屋内。我不想回家，她说。她和丈夫的那所房子，对她而言代表着什么呢？或许只是稍事休憩的床铺？如果她有孩子，那个家对她会有所不同吗？更温暖？更想回去？可怜的女人！她欢乐的表面背后会隐藏着多少孤独和悲伤？蒙塔巴诺对英格丽产生了一种新的情感，从心底里泛起一丝柔软。海风泛起丝丝凉意，他一口饮尽杯中剩余的威士忌，拿着酒瓶和杯子回到了屋里。他朝卧室瞥了一眼。英格丽只脱了鞋子和衣而卧。他坐在桌前，想让英格丽多睡十分钟，或者更久。

　　趁这个时候，来简单回忆一下之前的片段吧，他对自己说。

　　埃内斯托·埃雷拉是个惯犯，或许出生在科森扎，或者肯定在这一带活动。他整个人生就在持械抢劫中出出进进。他被捕后越狱逃跑，遭到通缉。梳理到这，他和成百上千像他一样的罪犯没什么区别。接着，他以埃雷拉的身份在布林迪西浮出水面。

他似乎已经与阿尔巴尼亚黑手党建立了密切联系，还开始涉足非法移民？可他怎么开始的呢？通过什么手段呢？现在还不知道。

去年 3 月 11 日早上，一个科森扎的牧羊人在铁轨上发现一具血肉模糊的尸体。在这起不幸意外中，一个可怜的家伙滑倒了，无法闪躲开来的列车。他的尸体一片狼藉，唯一确认身份的方法就是钱包里的证件和一枚婚戒。他妻子把他葬在科森扎公墓里。几个月后，一个叫埃雷拉的人出现在西西里岛斯皮高内拉。此时他的名字叫埃内斯托·德鲁尼奥，称自己是一名丧妻的前油轮船长。很明显，他是独居，不过经常接到电话，一般通过电台和外界联系。后来，他不幸被人溺毙，任由尸体腐烂。接着他们把他扔进海里。之后他的尸体一直在海上孤零零地漂着。

那么，第一个问题是：在被官方宣布死亡后，埃雷拉先生在斯皮高内拉做什么？第二个问题是：是谁采取了行动，确保埃雷拉先生不仅是被官方宣布死亡，而且是真的被置于死地，为什么要这样做？

现在，是时候叫英格丽起来了。他走进卧室，看到她已经脱掉衣服，在被子里呼呼大睡。蒙塔巴诺不忍叫醒她。他进浴室洗漱完毕后，轻手轻脚地钻进被子。英格丽身上杏子的味道钻进他的鼻孔，这气味如此强烈，让他有些晕眩。他闭上眼睛。英格丽睡得很熟，伸出一条腿，小腿搭在了蒙塔巴诺的身上。几分钟后，她换了个更舒服的姿势，整条腿都搭在了蒙塔巴诺的身上。

蒙塔巴诺整个外衣都湿了，他从一数到十，一系列轻手轻脚的挪动之后，终于解脱了，钻出被子，接着骂骂咧咧地去沙发椅上躺下了。

神啊，就算是圣安东尼也没法通过这种考验！

13

第二天醒来时，蒙塔巴诺浑身酸痛。不知从何时起，只要晚上睡沙发，他第二天醒来就会骨头酸痛。他起身，发现起居室的桌子上有英格丽留下的字条。

"看你睡得像个小天使，不想吵醒你。我回家去洗澡了。吻你，英格丽。醒来后打电话给我。"

他正要走进浴室时，电话响了。他看了一眼表：快八点了。

"警长，我想见您一面。"

他没听出对方是谁，问道："您是？"

"马尔兹拉，警长。"

"到警局吧。"

"不，不能去警局。他们会看见我的。既然您一个人在家，我去您家里吧。"

他究竟怎么知道他家里之前有别人，现在他一个人在家的？莫非他就躲在附近窥视他吗？

"不管去哪儿，你现在在哪里？"

"在马里内拉，警长。我就在您家附近。刚才我看到那个女人出去了，这才打了电话。"

"等一下，我去给你开门。"

他迅速洗了一把脸，去开门。马尔兹拉靠在门框上，像是不知去哪里躲了很久的雨，可是其实根本没下雨。他从蒙塔巴诺身边经过，走进屋里，蒙塔巴诺闻到他身上的一股酸臭味。他在屋子中间站定，大口喘气，像是跑了很远的距离。马尔兹拉的脸色看起来比之前更苍白了，两眼圆睁，头发粘在一起，直直地竖起来。

"我快吓死了，警长。"

"又有一批移民吗？"

"好几批，同时到。"

"什么时候？"

"后天，晚上。"

"什么地方？"

"他们没说。但他们跟我说会有大买卖，虽然我不想再牵涉其中。"

"既然你什么都不会做，那你在害怕什么呢？"

"因为我跟您提过的那个人，是他跟我说有移民要来的，他还让我今天请病假，听候他的差遣。"

"他说了要你做什么吗？"

"是的，先生。他要我今晚十点半开跑车去鲁塞罗海角附近的一个地方接人，然后他们会告诉我在哪里把人放下。车子他们会提前停在我家门前。"

"所以，到现在为止你还不知道要把人送去哪里。"

"不知道。他们说等人上车后再告诉我。"

"你什么时候接到电话的？"

"今天凌晨，六点之前。我想拒绝的，警长，您要相信我。我解释说只有用到救护车时，我才可以……但是他不允许我说不。他只是反复说，如果我不听他的，如果出了什么差错，他就要杀了我。"

马尔兹拉一屁股坐在椅子上开始痛哭。蒙塔巴诺感到很厌恶，很恶心。这个家伙就是个窝囊废！浑身颤抖得像一坨肉冻。蒙塔巴诺极力克制跳起来往他脸上抡几拳，打得他鼻青脸肿、鼻血直流的冲动。

"我该怎么办，警长？我该怎么办？"

由于恐惧，他像快被扼死的公鸡一样凄厉地叫喊。

"按他们说的去做。但他们只要把车子停在你家门前，就马上打电话告诉我车的型号和颜色，如果可能的话，还有车牌号码。现在给我滚出去。听你在这儿哭，我真想把你的牙打掉。"

就算是这个家伙死在他眼前，蒙塔巴诺也无法原谅他在救护车上给那个小男孩注射的那一针镇静剂。马尔兹拉害怕地从椅子上一下子跳起来，跑出了屋。

"等等。先告诉我你和那帮人见面的地点。"

马尔兹拉告诉了他，蒙塔巴诺不清楚这个地方具体在哪儿，不过他记得坎塔雷拉说过他有个哥哥在那一带居住，决定稍后问问他。这时，马尔兹拉问道："您想做什么？"

"我想做什么？你只要记住，你要做的就是及时打电话告诉我，你把人送到哪里，他们长什么样。"

※

刮胡子的时候，蒙塔巴诺决定不把马尔兹拉刚才跟他说的事告诉任何人。毕竟，调查小男孩被杀的案子完全是一件私人的事情，是他认为很难偿还，或者根本还不清的一笔债。不过，他还是需要一点帮助。马尔兹拉告诉他，那帮人会在他家门前留下一辆跑车。也就是说，蒙塔巴诺没法完成这个任务——就凭他那可怜的驾驶技术，根本追不上马尔兹拉的跑车，那帮人肯定会命令他开越快越好。他有了主意，却马上打消了；再次浮上心头，又一次打消。出门前，他喝了一杯咖啡，这个念头第三次涌上心头，他终于投降了。

"喂？请问哪位？"

"蒙塔巴诺警长。英格丽太太在吗？"

"您等一下，我去看看。"

"萨尔沃！怎么了？"

"我又得麻烦你了。"

"你这个贪婪的家伙！昨晚还不够吗？"英格丽戏谑道。

"不够。"

"好吧，如果你真的不能等的话，我现在马上过去。"

"不，你不用现在过来。如果你今天没有约会的话，今晚九点过来可以吗？"

"可以。"

"嗯，还有，你有其他车吗？"

"我可以开我丈夫的车去。不过为什么呢？"

"你的车太显眼了。你丈夫的车是跑车吗？"

"是。"

"那今晚见。谢谢。"

"等等。什么身份？"

"什么意思？"

"昨天我是以证人的身份去你家里。今晚呢？"

"今天你会担任副警长，我给你发肩章。"

※

"警长，马尔兹拉没有打电话来！"坎塔雷拉一跃而起。

"谢谢，坎塔。不过要继续密切关注。能叫奥杰洛警长和法齐奥来我办公室吗？"

他想好了，只告诉他们浮尸的事情。米米先到了办公室。

"贝巴怎么样了？"

"好多了。我们昨晚终于能睡一会儿了。"

接着法齐奥也来了。

"我必须告诉你们，完全是偶然的机会，我确定了溺亡者的身份。法齐奥，你干得不错，发现那个人最近曾在斯皮高内拉出现。他就住在那儿。他租了那栋有能监视海面的大阳台的别墅。你还记得吗，法齐奥？"

"当然。"

"他称自己是一艘油轮船长，化名埃内斯托·德鲁尼奥，他的朋友叫他尼尼。"

"为什么？他的真名叫什么？"奥杰洛问道。

"埃内斯托·埃雷拉。"

"天啊!"法齐奥喊道。

"科森扎的那个家伙?"米米问道。

"没错。他们两个是同一个人。米米,我不得不说,坎塔雷拉是对的。"

"我想知道你怎么得出这个结论的。"米米冷冷说道。

很显然,他很难接受这个消息。

"我不是自己发现的。是我的朋友英格丽告诉我的。"

接着蒙塔巴诺跟他们说了整个故事。他讲完时,米米双手抱头,时不时地敲敲脑袋。

"天啊……天啊……"米米低声喃喃说道。

"米米,你为什么这么吃惊?"

"我不是因为事情本身而吃惊,而是因为我们还在想破脑袋的时候,坎塔雷拉早就找到了正确的答案。"

"所以,你从来都没有真正认识坎塔雷拉。"蒙塔巴诺说道。

"我想是的。他是什么样的?"

"坎塔雷拉,他像是成人的身体里住着一个小孩子,所以他的逻辑就像七岁孩童一样直接。"

"所以呢?"

"我的意思是,坎塔雷拉有孩子一般的想象力、灵感和智慧。正因如此,他怎么想就怎么说,不会隐藏。所以他往往能击中要害。从我们的视角看,一个事件只是一个点;而孩子则能看到更丰富的东西。"

"总而言之，我们现在应该怎么做？"法齐奥打断了他。

"这就是我要问你的，"蒙塔巴诺说。

"警长，我想说几句话，如果奥杰洛警长不介意的话。我想说，整件事情并没有这么简单。按照目前的情况，这个人——德鲁尼奥也好，埃雷拉也罢——警方和法院都从来没有认定他是被谋杀的。他仍然被判定是意外溺亡。所以问题在于：我们如何重启调查呢？"

蒙塔巴诺思忖了一下，说道："老办法：打匿名电话。"

奥杰洛和法齐奥都疑惑地看着他。

"这一招挺有用的。别担心，我以前就这么干过。"

蒙塔巴诺拿出埃雷拉那张带胡子的照片，递给法齐奥。

"马上送去自由频道，亲自交给尼科洛·齐托。告诉他，请他在今天的新闻中插播一通紧急来电，就说是埃内斯托·德鲁尼奥的家人打来的，他已经失踪两个多月了，他们现在心急如焚。现在就去。"

法齐奥照片看也没看就转身出去了。蒙塔巴诺转头用锐利的眼神看向奥杰洛，就好像他刚刚才发现米米站在他面前一样。奥杰洛感受到了蒙塔巴诺的目光，坐在椅子上局促不安。

"萨尔沃，你究竟在谋划什么？"

"贝巴现在怎么样？"

米米有些惊讶。

"你已经问过我了，萨尔沃。她好多了。"

"所以她现在可以打电话了。"

"可以。打给谁？"

"打给托马塞奥检察官。"

"她该说什么呢？"

"我希望她演场戏。齐托在电视直播放出那张照片半个小时后，我希望贝巴能打一个匿名电话给托马塞奥，激动地跟他讲自己见过照片上的那个男人，而且她很熟悉那个人，绝对不会认错。"

"什么？在哪儿？"米米有些恼怒，显然他不想把贝巴牵扯进来。

"好吧，她要告诉检察官，大约两个月前，在斯皮高内拉，她正待在车里，恰好看到照片上那个人被两个男人痛打。突然，那个人挣脱出来，向她的车子跑来，结果又被那两个男人抓住拖走了。"

"那贝巴当时在车上做什么呢？"

"某些见不得人的事。"

"别胡说了！贝巴从来不在车上做那个！我也不喜欢在车上！"

"但这很关键。你知道托马塞奥的个性，不是吗？他这辈子就靠小黄文活着了。这正是我们引他上钩的诱饵，他一定会上钩的，你等着瞧。实际上，如果贝巴可以编一些那方面的细节……"

"你疯了吗？"

"只是一些小细节……"

"你脑子进水了！"

"你生什么气？我只是让她撒谎，证明你们俩赤身裸体，所以当时无法插手。”

"够了，够了，然后呢？"

"接着，托马塞奥打电话给你，你说……"

"等等，为什么托马塞奥要打电话给我，不是给你？"

"因为我今天下午不在。我希望你跟他说，我们已经有头绪了，已经拿到那个人的失踪报告了，需要一张空白的搜查证。"

"空白的？！"

"没错，空白的。因为我虽然知道那幢别墅在斯皮高内拉，但我不知道房主是谁，或者现在是谁住在那儿。我说明白了吗？"

"非常明白。"米米一脸阴郁。

"啊，还有一件事。向他申请授权，允许监听加埃塔诺·马尔兹拉的电话，地址是蒙特鲁萨，弗朗西斯科·克里斯皮街18号。越早越好。"

"马尔兹拉在案子里做什么了？"

"米米，马尔兹拉跟这件案子没有关系。但他对我要办的另一件事有用。就像你常说的：我要一石二鸟。"

"可是……"

"米米，如果你再固执下去，我会用要打那些鸟的石头……"

"好了，好了，我理解你。"

※

不到一小时，法齐奥就回来了。

"都办好了。齐托会在今天两点的新闻直播里播出照片和电话。他向你问好。"说完法齐奥转身就走。

“等等。”

法齐奥停下来了，要确定一下蒙塔巴诺是否有其他事情跟他说。可是蒙塔巴诺什么都没说，只是上下打量法齐奥。基于对他的了解，法齐奥坐了下来。蒙塔巴诺仍是看着他。但法齐奥明白，其实蒙塔巴诺并不是在看他；没错，他的目光是对着他，但并不是在看他，老天才知道他脑子里在想什么。蒙塔巴诺确实在想事情，他在想是否应该让法齐奥帮忙。可是，如果他把那个非洲小男孩的事全盘告诉法齐奥，他会做何反应？或许他不会有什么反应——蒙塔巴诺觉得——这全都是他的想象，没有任何事实依据。或者，他只说一半，他或许可以在不透露太多的情况下获得一些信息。

“是这样，法齐奥，你知道我们这一带有打黑工的非法移民吗？”

法齐奥似乎并不感到惊讶。

“肯定到处都是，但在我们这一带，没有。”

“那他们在哪儿呢？”

“有花房、葡萄园、番茄园、橘子果园的地方……在北方，他们会去厂里做工。但这边没有工厂，所以他们会在农场打工。”

现在他们讨论得太宽泛了，蒙塔巴诺决定缩小范围。

“我们省的哪些城镇可能会有这样的非法工人？”

“老实说，警长，我也说不准。您怎么对这个感兴趣？”

这正是他最怕的问题。

“呃……我只是好奇，仅此而已……”

法齐奥站起身，去关上门，然后坐回来。

"警长，您能把脑子里想的事情都告诉我吗？"

蒙塔巴诺终于开口了，把细枝末节都告诉了他，从在码头上遇到可怜的黑人孩子，到这次见面马尔兹拉跟他说的事情。

"蒙特卡洛有很多花房，"法齐奥说，"有一百多个非法工人。也许那个孩子就是从那儿逃走的，距离他被车撞死的地方只有五千米。"

"你能去查一下吗？"蒙塔巴诺决定冒险一试。"但是别让警局的其他人知道。"

"我可以试试，"法齐奥说。

"你已经有计划了吗？"

"嗯……我会去拉一张单子，列出租房子给非法移民的人。不，不是房子，我是说桌子、地下室、下水道。他们通常十个人挤在一个没有窗户的小空间里！这些都是地下交易，租金竟然要上千欧元。不过我没准会发现些蛛丝马迹。单子列好以后，我就会问他们最近是不是有带着妻子来的非法移民……不过跟您直说，这件事不好办。"

"我知道。非常感谢你的帮助。"

但法齐奥还是没有起身离开。

"那今晚呢？"他问道。

蒙塔巴诺马上就懂了法齐奥在问什么，但装作听不懂的样子。

"什么意思？"

"马尔兹拉今晚十点半去哪儿接人？"

蒙塔巴诺告诉了他。

"那你要做什么呢？"

"我？我应该做什么？什么都不做。"

"警长，你现在脑子里不是在做什么计划吧？"

"不，没有，别担心！"

"呸！"法齐奥起身离开。

走到门口时，他停下，转身对蒙塔巴诺说：

"警长，如果您需要，我今晚没事，可以……"

"哎呀，真是！你怎么这么啰唆！"

"就当我从不认识你。"法齐奥咕哝着，开门出去了。

※

"开电视，快！"他刚进餐厅就对恩佐喊道。

餐厅老板吃惊地看着他。

"这算什么？每次你来的时候，只要电视开着，你就让我关掉。这回电视关着，你又让我打开？"

"你可以把声音调低点，"蒙塔巴诺做了让步。

尼科洛·齐托履行了承诺。新闻开播了——两辆拖拉机相撞，一幢房子倒塌了，一位男士因不明原因脑袋开裂，一辆车着火了，一辆婴儿车在街道中间翻倒了，一位女士正撕扯着自己的头发，一名工人从脚手架上坠落，一名男士在酒吧遭枪击。接着，埃雷拉那张带胡子的照片出现在屏幕上。这意味着贝巴的戏可以上演了。不过，屏幕上的各种影像也破坏了他的食欲。回到办公室前，蒙塔巴诺一路散步到灯塔，以让自己平静下来。

※

砰的一声，门被撞开，门边的墙皮被震落了下来。蒙塔巴诺一下子跳起来，看到坎塔雷拉在门口，站得笔挺。

"他妈的！你每次进来都跟要把咱们局拆了似的！"

"请您原谅我，警长，可是每次我站在你门前就会激动，手就滑了。"

"激动什么？"

"您的一切，警长。"

"什么事？"

"本丢·彼拉多来了。"

"让他进来。有任何电话都别打扰我。"

"包括局长打来的？"

"是。"

"包括利维娅小姐打来的？"

"坎塔，谁的电话我也不接，你明白了吗？还是等我把你踢出去？"

"明白了，警长。"

15

蒙塔巴诺站起身要去迎接那位记者，却目瞪口呆地在半路就刹住了。门口的那个生物第一眼看起来像是一束移动的巨大鸢尾花。鸢尾花慢慢走近，原来是一个五十岁上下的男人，通身着暗沉的蓝紫色，又胖又矮，脸盘圆圆的，肚子圆圆的，眼睛圆圆的，镜片圆圆的，笑起来也圆圆的。唯一不是圆圆的就是他的嘴了，嘴唇又厚又红，看起来像是假的，像是画上去的。可以看出，他在记者圈里肯定是个人物。他像首长似的走向蒙塔巴诺，微微探出手，让蒙塔巴诺不得不伸长手臂，半趴在桌子上，两人这才握上了手。

"别这么紧张，"他说。

接着，鸢尾花坐了下来。蒙塔巴诺简直不敢相信自己的嗅觉，这个男人闻起来也像一束花。蒙塔巴诺暗骂了一句。他已经做好准备了：接下来的一个小时肯定会被浪费，最好能短一些。蒙塔巴诺当然能找到借口摆脱这个家伙。事实上，最好马上就做好准备。

"很抱歉，彼拉多先生。"

"萨拉多。"

坎塔雷拉这个笨蛋！

"……萨拉多先生，不巧我今天很忙，没有多少空闲。"

这位记者举起肥厚的小手，蒙塔巴诺惊讶地发现，他的手不是紫色，而是粉嫩嫩的。

"我完全理解。我不会花费您太多时间的。我想先问一句。"

"不，容我先问一句：您为什么想跟我谈话？要谈些什么？"

"嗯……警长，几天前那两艘巡逻艇上的非法移民登岸时，我刚好在码头……还在那儿看到了您。"

"哦，所以您来找我？"

"是的。我问自己，像您这样一位大名鼎鼎的警探……"

这个家伙犯了个错误。一开口便奉承往往会让蒙塔巴诺启动戒备状态，他会像海胆一样收缩自己，变成一个刺球。

"这样啊，我完全是偶然到现场的。为了送眼镜。"

"眼镜？"萨拉多大吃一惊，却又露出一丝狡诈的微笑。"我明白了，您是想糊弄我！"

蒙塔巴诺站起身说，"我已经把事实告诉你了，可你不信。再谈下去只是浪费彼此的时间。就这样吧，祝您愉快。"

鸢尾花突然一顿，像是突然凋谢了一样。他的小手握住蒙塔巴诺伸出的那双手。

"祝您愉快。"他叹了一口气，拖着脚步向门外走去。

看到他这副样子，蒙塔巴诺突然感觉有些抱歉。

"如果您对移民的事情感兴趣，我可以安排您见一位同事，他……"

"您是指理古乔副局长吗？谢谢，我已经见过他了。他眼里只有非法移民里面的大事，别的一概不管。"

"怎么这么说？难道大事中还有什么小事是我们需要看到的吗？"

"没错，如果您愿意的话。"

"比如呢？"

"拐卖儿童的问题。"丰索·萨拉多说完便离开了。

就像是动画片一样，他说的"儿童"和"拐卖"两个词像是浮在半空中的黑体字，屋子里其他的一切都在浑浊的光影中消失，下一秒两个词开始纠缠在一起，像是两条蛇缠绕融合变色，接着变成一个球体，放射出光柱，在蒙塔巴诺眼前炸开。

"天啊！"他叫道，一把扶住桌子。

顿时，脑中到处散落的令他困扰的拼图碎片全部汇聚到一处，完美融合在了一起。接着又四散开来，恢复正常，一切都回到了原来的状态。唯一无法恢复正常的是蒙塔巴诺，他一动不动，固执地无法发出声音叫这个记者回来。最后，他还是抓起了电话。

"截住那个记者！"他对坎塔雷拉嘶喊道。

他坐下来擦拭额头的汗时，听到街上一阵吵闹。有人大叫一声（肯定是坎塔雷拉）："本丢·彼拉多！站住！"

另一个人说（一定是那个记者）："我干什么了？让我走吧！"

又一个人（显然是路过的讨厌鬼）看到这个情形喊道："打倒警察！"

最后，蒙塔巴诺办公室的门被砰的一声撞开，萨拉多被吓了一跳，满脸不情愿地被坎塔雷拉推上前来。

"抓住他了，警长！"

"发生什么了？我不明白。"

"抱歉，萨拉多先生。他误解我的意思了。您请坐。"

萨拉多显然不太相信，他疑惑地走进来，蒙塔巴诺对坎塔雷拉命令道："出去吧，把门关上！"

接着鸢尾花瘫坐在椅子上，看起来十分憔悴。蒙塔巴诺真想给他浇点水，让他振作一些。但现在最好回归到他感兴趣的话题，当作刚才什么都没发生一样。

"你刚才说的那件事……"

这句话像是一针兴奋剂，萨拉多都没来得及要求蒙塔巴诺对刚才的无礼给出解释，马上兴致勃勃地问道：

"您什么都不知道吗，警长？"

"不知道，我向你保证。我会很感激你，如果……"

"就是去年，据官方数据，有不少于 15000 名未成年人，在没有成年亲属陪同的情况下进入意大利。"

"您是说，他们都是独自过来的？"

"似乎是这样。当然，这个数据里有一半多已经可以忽略了。"

"为什么？"

"因为如今他们已经成年了。其中，大约 4000 名来自阿尔巴尼亚，比例不小，对不对？还有罗马尼亚、摩尔多瓦来的。此外，1500 名来自摩洛哥，还有自阿尔及利亚、土耳其、伊拉克、孟加拉国等国。您了解清楚了吗？"

"了解了。他们的年龄呢？"

"马上就说到了。"

记者从夹克口袋里拿出一小张纸，看了一眼，又放了回去。

"有200名是六岁以下的幼童，1316名是七岁到十四岁的少年，还有995名十五岁，2018名十六岁，3924名十七岁，"他背完后看看蒙塔巴诺，叹了口气。"这只是我们掌握的数据。我们还了解到，有几千个孩子刚踏上意大利就失踪了。"

"怎么回事？"

"他们是被犯罪组织带到这里来的。这些人用这些孩子赚钱，把他们作为出口的商品。"

"出口到哪儿？"

丰索·萨拉多大吃一惊。

"您在问我吗？最近，里雅斯特的一名议员收集了大量的窃听记录，都是在谈为了器官移植而买卖非法移民儿童的事情。器官移植的需求量很大，而且在持续增长。还有些孩子是卖给了恋童癖。想想吧，这些孩子独自来到这里，身边没有父母亲人，那些人一掷千金，就是为了对他们实施下流的性变态行为。"

"具体说说？"蒙塔巴诺嘴巴有点干。

"包括折磨他们，暴力虐待，只为了让恋童癖高兴。"

"我明白了。"

"还有乞讨诈骗。这些人强迫孩子们去乞讨，掠走讨来的钱财，您知道的，数字很可观。我曾经和一个阿尔巴尼亚的小男孩交谈过，他被人拐骗到意大利，后来被他爸爸解救。抓他来的人打断了他的腿，重伤了他的膝盖，还故意让伤口化脓，好增加路人的同情心。

另一个孩子被砍断了手，还有一个孩子……"

"不好意思，我得离开一下。我刚想起来还有点事情要做。"蒙塔巴诺边说边站了起来。

蒙塔巴诺一出门就把门锁上了，接着以百米冲刺的速度，双臂高举过胸，大步流星地走出去。坎塔雷拉看到这一幕有些迷惑。一眨眼的工夫，蒙塔巴诺就到了街角的那个酒吧，酒吧里此时没什么客人。他靠在门框上，说道："服务员，烈性威士忌。"

服务员没说什么，只是给他端来了酒。蒙塔巴诺连灌两杯，付了钱，离开了。

一进警局，他就看到坎塔雷拉笔挺地立在他办公室门口。

"你在这干什么？"

"看着这个嫌疑人，警长，"坎塔雷拉把头往办公室那边歪了歪，说道，"以防他又想逃走。"

"很好，你现在可以走了。"

蒙塔巴诺走进办公室，记者还坐在那里。蒙塔巴诺坐下，他现在觉得好多了，做好了坚定的心理准备听他说更多的噩耗。

"我想问你，这些孩子是自己离开祖国的还是……"

"警长，我告诉过您，他们背后有一个强大的犯罪集团。这些孩子有些是独自来的。实际上，只有少数真是一个人来的。更多的是被人送过来的。"

"谁？"

"以父母身份送他们过来的人。"

"陪护人？"

"好吧，我直说吧。您也知道，移民要花很多钱，都是付出重大代价才找到了门路。但如果他们带一个不是自己的孩子过来，费用就会减少一半。但除此之外，可以说，更多人送他们过来是为了赚钱。各行各业都有这个犯罪集团的成员，他们不总是通过非法移民来做，还有其他方法。我给您举个例子吧。几个月前的一个周五，一艘载满乘客和货品的船从都拉斯到了安科纳港口。一名三十多岁的阿尔巴尼亚妇女登岸了，名叫吉莉耶塔·贝塔丽。除了居住许可证，她手里还握着一张小男孩的照片，那是她儿子。她到工作地佩斯卡拉时是独自一人，然后那个男孩失踪了。长话短说吧，佩斯卡拉特警队查到，吉莉耶塔先生，也就是她丈夫，前后带了五十六名儿童到意大利，这些孩子都神秘失踪了。您怎么了，警长，不舒服吗？"

蒙塔巴诺的胃突然一下绞痛。他看到自己牵着那个男孩，交到了他以为是男孩母亲的那个女人手中……还有那个眼神，那睁大的双眼，他永远都无法忘记。

"怎么了？"他假装没事。

"您脸色不好。"

"时不时就会这样。老毛病了，不用担心。但告诉我：既然这种肮脏的交易发生在亚得里亚海沿岸，您为什么来这儿？"

"很简单。因为这些人贩子由于种种原因，改变了行动方向。他们这些年来用的办法已经太多人知道了。监管加紧，拦截也更容易了。我说过，单单去年就有 1358 名未成年人从摩洛哥来。地中海方面已有的航线要扩大，还要新增新航线。因此，突尼斯人巴达尔·加夫萨在众人的支持下，成了这个组织的领导人。"

"不好意思，我没听清楚。叫什么？"

"巴达尔·加夫萨，相信我，这个人看起来就像是从小说里走出来的。别的不说，他自称'疤面煞星'，这样您有印象了吧。他个头很高，喜欢戴许多戒指和手镯，经常穿着皮夹克，年近三十。他手下有一队杀手，由三名助手萨米尔、贾米尔和欧勒德领导。他还有一队渔船，当然不是用来打渔的，而是秘密停在博诺海角的入口。这些渔船由加木恩和里达管理，这两位船长经验丰富，对西西里海峡就像自己家的洗手池一样熟悉。虽然警方已经搜查加夫萨很久了，但一直没抓到他。据说他亲手杀了十几个敌人，尸体就挂在他的藏身处外。他把尸体挂起来是让每个人都看到，警告别人不要背叛他，也为了让自己产生所向无敌的快感。他把这些看作是打猎得到的猎物。他到处巡游，以他独特的方式到处跟合作人谈判，处死不遵守命令的人，杀鸡儆猴。所以他的猎物越来越多。"

对蒙塔巴诺而言，萨拉多像是在描述那种牵强附会的冒险小说情节，意大利人称之为"美式冒险故事"。

"可是您怎么知道这些事的？您似乎比我知道的还多。"

"在来维加塔之前，我在突尼斯待过一个月，从斯法克斯与苏塞一直到了艾哈图拉瑞。我事先做了安排，拿到了入境许可证。我很有经验，知道如何去除人们口中道听途说的成分，只留下事实。"

"您还是没跟我解释为什么特意来到维加塔。您是在突尼斯发现了什么，所以来这儿吗？"

丰索·萨拉多的嘴张得很大，像是在笑。

"警长，您真的如传言一般，很聪明。我发现的，我不会告诉你我怎么发现的，因为太复杂了，但我可以保证来源可靠，有人在兰佩杜萨岛看到了巴达尔·加夫萨，在从维加塔返回兰佩杜萨岛的路上。"

"什么时候？"

"两个多月之前。"

"他们说了他当时在做什么吗？"

"他们给了一些暗示。不管怎么说，重点是让您知道，加夫萨在这里有一个巨大的分类中心。"

"在维加塔？"

"或者附近。"

"你说的分类中心是什么意思？"

"他会带某些非法移民到这里，通常是很重要、非常有价值的移民。"

"比如呢？"

"儿童，像我们之前说的，还有恐怖分子、密探，或者失去价值的人。在送他们去最终目的地之前，加夫萨先把他们放在这儿。"

"明白了。"

"加夫萨上台之前，这个分类中心掌握在一个意大利人手里。加夫萨曾经让他管理过一段时间，但后来他开始自作主张，加夫萨就杀了他。"

"您知道他后来让谁接管了吗？"

"他没找接替人，很明显。"

"所以这个机构现在无人管理？"

"刚好相反。应该说是没有固定的头目，由当地代表轮流管理，有人来时会通知他们。当要进行大买卖时，三个助手中的一个，贾米尔·杰尔吉斯就会亲自参与，往返于西西里和突尼斯的古尔拜咸水湖，加夫萨的总部就建在那儿。"

"你跟我说了很多突尼斯人的名字，但没说那个被加夫萨杀掉的意大利人叫什么。"

"我不知道他叫什么。我还没查出来。但我知道加夫萨叫他什么，只是个代号，没什么意义。"

"叫他什么？"

"死人。活着的时候就这么叫。有点荒谬，是吧？"

"荒谬？"蒙塔巴诺突然站了起来，扭头叫了一声。声音很高，怎么听都像是一匹马生气时的嘶鸣。但蒙塔巴诺并不是生气了；截然相反，现在一切都明了了。两条平行线最终汇聚了。这时候，那束鸢尾花吓了一跳，站起来，向门口走去。蒙塔巴诺追上他，一把抓住他。

"你去哪里？"

"我去叫个人，你看起来很不好。"鸢尾花有些结巴。

蒙塔巴诺大笑起来，安慰他道："不，我没事。只是些小事，像我刚才一样……这些小伤痛已经折磨我很多年了，没什么的。"

"我们可以开窗吗？我需要呼吸些空气。"

这是个借口。很明显，这个记者是想多一条逃跑的路。

"当然，好的，我们可以开窗户。"

萨拉多安心了一些，于是重新坐下来，但他明显还是有些紧张。他只坐在椅子边缘，随时准备逃走。他肯定在想：自己究竟是在维加塔警局，还是在疯人院。而最让他不安的是他看向蒙塔巴诺时，蒙塔巴诺脸上慈祥的笑容。确实，此时此刻蒙塔巴诺对这个男人充满感激——他看起来像是个小丑，虽然并不是。蒙塔巴诺如何才能回报他呢？

"萨拉多先生，我不太明白您为什么要到处游走。您来维加塔是特意来找我的吗？"

"是的。不幸的是，我必须马上返回的里雅斯特。我妈妈情况不太好，她很想我。我们……很亲密的。"

"您能多待两天吗？最多三天。"

"为什么？"

"因为我觉得自己能给您许多重要消息。"

丰索·萨拉多闭眼想了很久，才决定开口：

"一开始您说对此一无所知。"

"是真的。"

"但如果您一无所知，您现在怎么能说，在这么短的时间能……"

"我没有说谎，相信我。您跟我说的这些我之前确实不知道，但我现在有一种感觉，这些事实为我现在的调查指明了正确方向。"

"好吧，我在蒙特鲁萨的里贾纳酒店，应该还能在那儿住两天。"

"很好。您能说说加夫萨的助手长什么样子吗？就是那个经常来这儿的。他叫什么名字来着？"

"贾米尔·杰尔吉斯。他大概四十岁，又矮又壮……起码我是这么听说的……哦，对了，还有，他的牙几乎掉光了。"

"好吧，如果他决定去看牙医，我们就会抓他的，"蒙塔巴诺说道。

萨拉多双手举在半空中，好像在说，关于贾米尔·杰尔吉斯他就知道这么多了。

"您跟我说，加夫萨喜欢亲手解决叛徒，这是真的吗？"

"是真的。"

"在午夜，用卡拉什尼克夫冲锋枪，或者……"

"不，他是个施虐狂，喜欢尝试新方法。我听说他曾把一个人反复吊起又放下到死，另一个是被放在热炭上烤死，还有一个被他用金属丝绑住手脚，慢慢浸在湖里。还有一个……"

蒙塔巴诺站了起来。萨拉多感到担忧，闭上了嘴。

"怎么了？"他问道，几乎要从椅子上跳起来逃跑。

"您介意我再大喊一声吗？"蒙塔巴诺客气地问道。

16

"那是谁？"米米看到丰索·萨拉多走过走廊，问道。

"一个天使。"蒙塔巴诺回答。

"是吗？穿成那样？"

"为什么不是？你以为只有穿成梅洛佐·达福尔利画里那样的才是天使吗？你没看过弗兰克·卡普拉演的一部电影吗？叫什么来着……"

"别想了，"米米显然很烦躁。"我想跟你说的是，托马塞奥来电话了。我跟他说了我们要处理这件案子，但他不给我们搜查别墅的权力，也不同意监听马尔兹拉的电话。所以你这些表演没有一点用。"

"没关系，我们自己行动。不过你为什么情绪这么不好？"

"你想知道我为什么情绪不好？"奥杰洛怒气冲冲地喊道。"因为我听了贝巴打给托马塞奥的电话，我的耳朵紧贴着听筒，听到了那个混蛋问她的问题。她说完自己的目击证词之后，托马塞奥就开始问她。

'你是一个人在车上吗？'

贝巴尴尬地回答，'不是，和男朋友一起。'

托马塞奥问，'你们在干什么？'

贝巴假装更尴尬地说，'呃，你懂的……'

于是那个混蛋就问，'你们在做爱吗？'

贝巴弱弱地答道，'嗯……'

他又问，'感觉怎么样？'

贝巴顿了一下，结果那个流氓就跟贝巴说，这是重要细节，为了查清案情必须了解。这时候贝巴不再犹豫，开始叙述。你根本想不到她说的那些细节！她越往后说，那流氓就听得越投入！他简直想让贝巴过去亲自验证一下！他还想知道贝巴叫什么，长什么样。我这么说吧，她挂了电话我们就开始吵架。我就纳闷了，她从哪儿知道的那些细节？"

"淡定点，米米，别这么幼稚！怎么，你这是在吃醋？"

米米看了他好一会儿，才说道："没错。"

接着就转身离开了。

"叫坎塔雷拉过来！"蒙塔巴诺冲着他喊道。

"到，警长！"坎塔雷拉马上就出现在了办公室。

"我记得你说过你经常去探望一个住在鲁塞罗海角的哥哥。"

"是的，警长。"

"很好。你能跟我说说怎么到那儿吗？"

"没必要这样的，警长。我可以陪着您去。"

"谢谢，但这件事我必须自己去做，就不打扰你了。所以，能跟我说说怎么过去吗？"

"是，警长。您可以先去蒙特雷阿莱，穿过蒙特雷阿莱几英里之后就会看到左边有一条岔路，路牌写着鲁塞罗海角。"

"我走左边那条路吗？"

"不，警长。您继续往前走，下一个岔路牌子上写着拉姆皮萨，走那条路就对了。"

"好的，谢谢。"

"警长，那个牌子上写着拉姆皮萨，但如果您真想去拉姆皮萨，走那条路可去不了。"

"那我该怎么办？"

"沿着那条岔路走大概一百五十码，您会看到一个大铁门，铁门以前有的，现在已经不在了。"

"已经不在了我怎么看到？"

"很简单，警长。因为铁门虽然不在了，但两排橡树还在。那里以前是维拉斯男爵的产业，不过现在已经没人管了。您开到最后，就会看到那幢荒废的别墅，到最后一棵橡树那里左转，不到一百码就到拉姆皮萨了。"

"只有这条路吗？"

"看情况了。"

"看什么情况？"

"看您是步行还是开车去。"

"我开车去。"

"那就只有这条路了，警长。"

"距离海边多远？"

"不到一百码，警长。"

※

　　吃还是不吃？这是个问题。是高贵地忍受饥饿引起的腹痛，还是去恩佐餐厅狼吞虎咽呢？蒙塔巴诺看表发现已经八点时，突然想起了莎士比亚式的两难境地。如果他向饥饿投降，那就只有不到一个小时可以吃晚饭。这意味着，他得用卓别林的速度狼吞虎咽。现在，有一点是肯定的，那就是狼吞虎咽根本不是吃饭。说好听些，那叫果腹。完全不同。他喜欢一口一口品尝，悠闲地享受美食。不，空想也没有用。为了止住食欲，他到家后没有打开冰箱，也没有开微波炉。他脱掉衣服，洗了个澡，然后换上一件加拿大猎熊衫和一条牛仔裤。他不知道事情会如何发展，他在想：乔装呢还是不乔装呢？最好带上手枪。接着，他拎起一件深棕色外套披上，里层有一个大口袋。他不想在需要掏枪的时候才告诉英格丽，最好事先告诉她。他出门，上车从工具箱里抓起枪，放进外衣内兜。接着弯腰关上工具箱，这时候手枪却从口袋里滑出来，掉在地上。蒙塔巴诺骂了一声，跪下来扒出滑进座位下方的手枪，然后锁了车，回到屋子里。穿着外套有些热，于是蒙塔巴诺脱了外套，扔在客厅桌子上。他觉得现在刚好打电话给利维娅。他拿起听筒，拨了号码，那边拨号音刚响了一声，门铃就响了。开还是不开呢？他挂了电话去开门。是英格丽，她来得早了点。她看起来比平常更漂亮了。吻还是不吻？英格丽替他回答了这个问题，她吻了吻他，问道："你怎么样？"

　　"我感觉自己有点像哈姆雷特。"

　　"不懂。"

"没什么。你开你丈夫的车来的？"

"对。"

"什么车？"

这根本就是句废话。蒙塔巴诺对汽车，或者说跑车的型号一点研究都没有。

"宝马320。"

"什么颜色？"

他问这个问题有深意的。他知道她丈夫的品位。他或许会把车涂成红黄双色配绿色条纹加蓝色斑点。

"深灰色。"

感谢上帝。要是这个颜色，他们或许不会马上发现，朝我们开枪。

"你吃饭了吗？"英格丽问道。

"没有。你呢？"

"我也没吃。一会儿，如果有时间，我们可以……对了，我们今晚要干什么？"

"路上跟你解释。"

这时候电话响了，是马尔兹拉打来的。

"警长，他们给我的车是捷豹。五分钟以后我就出发了。"他声音颤抖着，说完便挂了电话。

"准备好的话，我们现在出发。"

蒙塔巴诺若无其事地套上外套，却没发现穿反了。结果手枪从口袋里滑出来，掉到了地上。英格丽吓得向后跳了一步。

"你是认真的吗？"她问。

※

按照坎塔雷拉指的路，他们在该拐的地方拐了。离开马里内拉之后，蒙塔巴诺就让英格丽来开车，半小时他们就到了那排橡树前。他们沿着橡树开到最后一棵树前，借着前灯的光，看到了前面一幢废弃大宅。

"往前开，"蒙塔巴诺说。"不要沿着路也不要左转，我们得把车藏在别墅后面。"

英格丽照做了。别墅后面是一片开阔荒凉的田野。英格丽关掉车灯，两人下了车。月光很亮，可以看得清道路。夜很静，静得有些恐怖，连一声狗吠都听不到。

"现在怎么办？"英格丽问道。

"把车留在这儿，我们得找个能看见整条路的地方，好观察过往车辆。"

"什么过往车辆？"英格丽问道。"这一路上连过往蟋蟀都没有。"

他们走了过去。

"那个，我们可以像电影里那样。"英格丽说道。

"为什么，电影里怎么做？"

"拜托，萨尔沃，你不知道吗？当一男一女两个警官执行监视任务时，他们会假装是恋人。他们拥抱亲吻，但实际上是在监视周边。"

现在他们到了别墅前，大约距离那棵橡树、拐向拉姆皮萨的岔路口三十码。他们坐在断墙下，蒙塔巴诺点了一支烟。但他还没抽完，就看到一辆车沿着那条路开来，开得很慢。或许司机不认路。英格丽站起来，把蒙塔巴诺拉到身边，双臂环住他。那辆车缓缓开来。蒙塔巴诺现在感觉像是被杏枝包围着一样，那股杏子的气味让他有些晕眩，勾起了遐思。英格丽轻柔地拥着他，突然对他轻声耳语道："有东西在动。"

"哪里？"蒙塔巴诺下巴支在英格丽肩上，脸埋在她的秀发里。

"我们之间，下面。"英格丽答道。

蒙塔巴诺有些脸红，试图挪开一些，但英格丽抓着他，让他紧紧贴着自己。

"别犯傻。"她说。

突然，那辆车的车灯直直地照向两人，在最后一棵树那里左转，消失了。

"你要跟的车，捷豹。"英格丽说。

蒙塔巴诺十分庆幸马尔兹拉及时到了，再多一分钟他都坚持不住了。他喘着粗气，推开了英格丽。

※

这不能算是一场追捕，因为不管是马尔兹拉还是捷豹上的其他两个男人，都没有感觉到后面还有一辆车。英格丽真是个好司机。他们还没开到去维加塔的主干道上，所以英格丽只是借着月光往前开，没有开车灯。直到他们上了维加塔的主干道，她才打开车灯，在主干道上，她可以轻易藏匿在车流中。马尔兹拉车开得很稳，但不是很快，就算是蒙塔巴诺的龟速驾驶法也能轻松跟上。接着，马尔兹拉的捷豹拐上了去蒙特鲁萨的路。

"我预感周末要在无聊的驾驶当中度过了。"英格丽说道。

蒙塔巴诺没有搭话。

"你为什么带枪?"她继续问,"你根本没用上。"

"失望了?"

"对啊,我还期待惊险刺激的事情发生呢。"

"没事,别担心。我们目前还在暗处,事情可能还会发生的。"

过了蒙特鲁萨,捷豹又开上了去蒙特卡洛的路。

英格丽打了个哈欠。

"真无聊!我有点想让他们知道有人在跟踪他们了。"

"为什么?"

"让事情变得刺激点。"

"别干蠢事!"

过了蒙特卡洛后,捷豹往海岸开去。

"你来开会儿吧,我开烦了。"英格丽说道。

"不行。"

"为什么不行?"

"首先,再往前开路上就没什么车了,得把车灯关掉,以防被发现。只有月光我没法开车。"

"还有呢?"

"还有,你对这条路比我熟悉多了,尤其是晚上。"

英格丽转过头来看了他一眼。

"你知道他们要去哪儿?"

"知道。"

"去哪儿？"

"你前男友尼尼·德鲁尼奥的别墅，他以前是这么叫自己的吧。"

宝马车轮一打滑，差点冲向旁边的田野，不过英格丽马上把住了方向盘。她什么都没说。到斯皮高内拉的时候，英格丽没有走蒙塔巴诺知道的那条路，她往右拐了。

"这不是……"

"我知道，"英格丽说，"但我们不能再跟着捷豹了。前面只有一条路通往岬角和那幢别墅。他们肯定会发现我们的。"

"所以呢？"

"所以我要找一个能看到房子正面的地方。我们会比他们早到。"

英格丽在悬崖边上一座摩尔风格的平房旁停下了车。

"下车吧。他们看不到我们的车，但我们能清清楚楚地看到他们。"

他们藏在平房旁边，从平房左边，他们可以很清楚地看到岬角，还有通往别墅的路。不到一分钟，捷豹就停在了别墅院门前。门是关着的。他们听到两声短促的嘀声，接着是一声长的。别墅一层的门开了，一个人出来开门，借着月光，他们只能看到那个人的大概轮廓。捷豹开进院子，男人没有关院门就走回了屋里。

"走吧，这儿没什么可看的了。"蒙塔巴诺说道。

两人坐回车里。

"现在，发动汽车，别开车灯，我们要去……你还记得一进斯皮高内拉的路边那个红白相间的小别墅吗？"

"记得。"

"很好。我们就去那儿。那是回蒙特卡洛的必经之路。"

"谁的必经之路？"

"捷豹。"

英格丽还没来得及开到那幢红白相间的小别墅，捷豹就飞快地从旁边滑过。完美的漂移。

显然，马尔兹拉想尽可能远离他送到别墅里的那些人。

"我现在怎么办？"英格丽问道。

"现在到证明你勇气的时候了，"蒙塔巴诺说道。

"我没听懂，你刚才说什么？"

"追上他。按喇叭，开车灯，紧跟在他后面，假装要撞他。你得用车速吓吓他。"

"看我的吧，"英格丽回答。

有一段，她没开车灯，一直和捷豹保持着安全距离；接着，捷豹拐弯之后，英格丽突然加速，把车上大大小小各种灯都打开，拐弯，然后开始疯狂按喇叭。

后面这辆疯狂的车突然出现，吓得马尔兹拉不知所措。

一开始，捷豹忽左忽右，后来突然拐向右边，让出路来，以为后车是要超车。但英格丽没有超车，一直紧跟在捷豹后面，疯狂地反复开关车灯，猛按喇叭。马尔兹拉绝望了，他开始加速，但在这条路上没法开得太快。英格丽没有放松，仍然像条疯狗一样追在后面。

"现在怎么办？"

"找到机会就超车，开到前面掉头，停在路中间拦住他，别关车灯。"

"我现在就能办到。系好安全带。"

宝马呼啸着超车，往前开了几米，刹车，漂移，停住。捷豹也在隔几米的距离一个刹车在宝马车灯的强光前停下了。蒙塔巴诺掏出枪，半只胳膊探出窗外，朝天开了一枪。

"把车灯关了，举起双手，下车！"蒙塔巴诺半打开车门喊道。

捷豹车灯关了，马尔兹拉高举着双手从车上下来。蒙塔巴诺没动。马尔兹拉看起来就像一棵树在风中摇摆。

"他尿裤子了。"英格丽说了一句。

蒙塔巴诺还是没动。渐渐地，两行泪从护士脸上流过，他拖着腿往前挪了一步。

"可怜可怜我吧。"

蒙塔巴诺一言不发。

"可怜可怜我吧，唐·佩普！您想从我这儿得到什么呢？我已经按您说的做了。"

蒙塔巴诺还是一动不动。马尔兹拉扑通一声跪了下来，合十双手向他求饶。

"别杀我！请不要杀我，阿古利亚先生！"

所以，那个打电话给马尔兹拉，给他下命令的男人是唐·佩普·阿古利亚，著名建筑大亨。他们现在已经不需要装窃听器了。

马尔兹拉现在跪着伏在地上，前额磕在地上，双手抱头。最后，蒙塔巴诺决定下车。他动作很慢。听到越来越近的脚步声，马尔兹拉蜷缩成更小的一团，啜泣着。

"看着我，混蛋。"

"不，不！"

"看着我！"蒙塔巴诺重复了一遍，狠狠往马尔兹拉肋骨上踹去，马尔兹拉整个人飞起来，向后跌去。但他仍然绝望地闭着眼。

"我是蒙塔巴诺！看着我！"

马尔兹拉看了好一会儿，才缓过神来，发现眼前的不是唐·佩普·阿古利亚，而是蒙塔巴诺警长。他坐起来，一只手往后扶地撑着身体。他肯定咬到舌头了，因为嘴边有一丝血迹滴下来。他浑身恶臭，不光吓得尿了裤子，还拉了一裤裆。

"哦……是你？你为什么跟着我？"马尔兹拉感到很吃惊。

"我？"蒙塔巴诺像只无辜的小羊，"你搞错了。我想让你停下来，可是你开得更快了！所以我想你肯定要干什么坏事。"

"你，你想从我这儿知道什么？"

"告诉我，你送到别墅的那两个人说的是哪种语言。"

"阿拉伯语，我猜的。"

"谁告诉你怎么走，去哪儿的？"

"其中一个男人。"

"他看起来之前来过这儿吗？"

"是的，警官。"

"能跟我描述一下他们的长相吗？"

"我只认识一个，说过话的那个，他没有牙。"

那是贾米尔·杰尔吉斯，加夫萨的助手，他来了。

"你有手机吗？"

"有。在车前座上。"

"你把那两个人送到别墅之后有人打电话给你吗？或者你给谁打过电话？"

"没有，警官。"

蒙塔巴诺走向捷豹，抓起前座的手机，放进口袋。马尔兹拉吓得屏住呼吸。

"现在，回车上，回家。"

马尔兹拉试图站起来，可是站不起来。

"我帮帮你吧，"蒙塔巴诺说。

他一把拽住马尔兹拉的头发，把他提了起来，马尔兹拉疼得哭了出来。接着蒙塔巴诺一脚踹在马尔兹拉背上，把他踹回捷豹前座。马尔兹拉的手哆哆嗦嗦，用了好久才启动车，开走了。蒙塔巴诺一直等到捷豹的后灯都看不到了，才回到宝马车的副驾驶座上。

"我不知道你……你能……"英格丽呢喃着。

"能什么？"

"我不知道该怎么说。能……能这么狠毒。"

"我自己也不知道，"蒙塔巴诺说。

"那个人干什么了？"

"他……他给一个小男孩打了一针，那个小男孩不想的。"

蒙塔巴诺只能这么说了。

英格丽看起来非常迷惑。

"所以你在报复他，因为你小时候害怕打针？"

或许英格丽在分析他的心理，但她永远不会知道，虽然他暴揍了马尔兹拉，可实际上他是想揍自己一顿。

"别想了，走吧，"蒙塔巴诺有些疲惫，"送我回家吧，我累了。"

17

　　他在说谎，他并不累。事实上，他燃起了工作的兴致，但他必须尽快摆脱英格丽，任务很紧迫。蒙塔巴诺镇定地跟英格丽道谢，吻了吻她，约定下周六见面，然后成功支走了她。一到家，蒙塔巴诺就开始像老式搞笑电影里四处飞奔的主人公一样，像火箭一样在各个房间穿梭，翻箱倒柜地找东西。他那次用完之后到底把潜水服放在哪儿了？两年前，他曾经穿过这件潜水服下海去找当地金融诈骗犯加尔加诺的车。他把整间房子翻了个底朝天，最终在衣柜最里面的抽屉里找到了，潜水服非常整齐地装在塑料袋里。然而真正让他疯掉的是，他找不到手枪皮套了。虽然他从来没用过，但肯定就放在家里。最后，他在浴室的鞋架上找到了，放在一双他从来没想过要穿的拖鞋下。这肯定是阿德莉娜想的好主意。现在屋子看起来就像是被一伙匪徒洗劫过一样。他最好明早在阿德莉娜来之前就溜掉，她看到自己的杰作肯定会疯掉的。

　　蒙塔巴诺脱了衣服，换上潜水服，把手枪皮套套在腰带上，外面只穿了牛仔裤和夹克。走过一面镜子时，他不禁瞥了一眼。看到自己的样子，他先是笑了，又感到一阵尴尬。他穿得就跟电影演员要上场了一样。这是嘉年华还是什么？

"邦德。詹姆斯·邦德，"他对着镜子里的自己说道。

他安慰自己，现在这个时间出门应该不会遇到认识的人。他把咖啡壶放上炉子，煮好咖啡后，接连喝了三杯。出门前，他看了一眼手表。大致算来，他应该凌晨两点能到斯皮高内拉。

※

蒙塔巴诺眼明心亮，一下子就找到了英格丽走的那条路，从那里可以清楚看到别墅的正面。距离目的地一百码的时候，他必须关掉车灯往前开。他很害怕自己会径直开进海里去。最终，他平安停在了悬崖边上那幢摩尔风格的平房后面。他把车熄了火，抓起望远镜，下车，倾身往前探看着。别墅的窗户里没透出一点光，看起来无人居住，但实际上屋里有三个人。蒙塔巴诺在黑暗中摸索，磨磨蹭蹭地挪到悬崖边上，然后往下看。什么都看不见，但他能听到海浪有些汹涌。他想用望远镜看看别墅那边石头之间的小海湾有无异常，却只能隐约看到石头的黑影。

往右看，大约十码开外是又窄又陡的阶梯，直插在石头墙里。就算是登山队员在白天要下去也是个难题，更别提现在是半夜了。但蒙塔巴诺别无选择，没有其他路能下到海滩。他退回到车旁，脱了牛仔裤和夹克，拿出手枪，把其他衣物都扔进车里，从工具箱里抓起水下手电筒，拿起车钥匙，轻轻地关上车门，把钥匙插进右后轮胎缝隙里藏起来。他把手枪插进腰带上的枪套里，挂上望远镜，抓紧手电筒。刚跨出一步，蒙塔巴诺停下了，试图搞清楚阶梯的构造。他开了一下手电筒，观察了一下。这一看让他惊出了一身汗，阶梯几乎是垂直的。

蒙塔巴诺反复打开手电筒，再马上关掉，他得看看自己的脚是否踩实了。蒙塔巴诺边下阶梯边骂骂咧咧，磨磨蹭蹭，偶尔还滑一两下，踩在石头尖上，真可惜他不是只善于攀爬的山羊或野鹿，哪怕是蜥蜴也行啊。终于，老天保佑，他的脚底触到了冰冰凉的沙子。他下来了。

他一下子躺在沙滩上，喘着粗气，看着夜空。他躺了好一会儿，直到呼吸声慢慢恢复正常。他站起来，用望远镜往四周看去。那些黑色石头看起来离他五十码开外，黑色的轮廓使海滩看起来高高低低，别墅看起来也像安放在这个小海湾里一样。他蹲下来，摸着岩石，往前挪去。每挪动几步，他就停下来，竖起耳朵，睁大眼睛观察四周。什么都没有。一片寂静。除了海浪声什么都没有。

快到石头后面的时候，他向上看了看。从这个角度，他只能看到星空下别墅矩形的围栏，换句话说，从这儿看起来阳台伸出来的空间更宽敞。再往前就是海了。他把望远镜放在沙滩上，把水下手电筒挂在皮带上，又挪了一步进到海里。他没想到这里的海这么深，很快就漫到了胸部。他觉察到了不正常：他们肯定在沙子中间挖了一道壕沟出来，给想从沙滩上爬上石头的人增添一道障碍。他像个小女生似的蛙泳起来，手臂轻轻地划出曲线，以防发出水声。海水很冷，靠近缺口时，海浪开始变得非常汹涌，差点把他拍到犬牙参差的石头上。现在没必要再用蛙泳了，因为划水声都会被海浪声吞没，他改用自由泳，几下就到了最后一块石头处，也就是缺口的地方。他左手扶靠在石头上，喘口气歇歇，这时候一个巨浪把他往前一推，他的脚就踩在了天然形成的一个小石台上，于是他手脚并用地爬了上去。每每有浪拍过来，他都差点滑下去，或被回头浪扯下去。这是个危险的地方，但在前进之前，他必须搞清楚几件事情。

按照他对录像的记忆，入口的其他石头还要更远些，靠近岸边，因为小海湾的第二道防线形状像是一个巨大的问号，问号最上方弯曲的地方就是那块石头。蒙塔巴诺侧着探出头，看到了那块石头的黑影。他停下来看了看，想确认有没有人在对面监视。确定没人后，他缓慢地向前挪动到天然石台边缘——接下来又是个危险动作，他站好把手臂直直地伸出去，摸到了一个金属质感的东西，就是他在放大照片里看到的那个闪闪发光的小点。他摸了好久才摸到。它比在照片里看着更高一些。为防万一，他反复摸了好几次，没听到远处有警报声，说明不是电子眼，而是一个关闭的信号灯。不过他还是又等了一会儿，看没什么反应就又潜回水中。游到石头中间时，他的手突然碰到了为防止外人进入小海湾的金属防护栏。在摸索中，他确定防护栏旁还有一圈直立的栏杆，一定是由别墅内部电动控制的。

现在只剩下进去了。他拽着防护栏，踩上去，再越过去。他的左脚已经迈过去了，就在这时，他痛到说不出话来。胸膛中间突然产生的剧痛，那么强烈，持续不断，以至于蒙塔巴诺跨坐在防护栏上，身子就瘫了下来。一定有人用水下步枪直接向他开枪了。但就在此时，他想到，自己肯定有什么地方做错了。他咬着唇，抑制住绝望哀号的欲望——虽然这可能让他舒服一些。接着，他很快发觉，那尖锐的痛感不是在皮肤表面，他明显感觉到是从身体内部传来的，他的身体里面有什么已经受伤了，或者正在一点点被破坏。他咬着唇，在水下很难呼吸。痛感突然消失了，正如它瞬间出现，只让他觉得隐隐作痛，又好像失去了知觉。但他并不害怕，倒是有些惊讶。他一直屁股坐在防护栏上挪动，直到肩膀靠到了石头。现在他的平衡感好多了。他还有机会和时间从刚才的阵痛中缓过来。可是，不，他完全没有机会和时间了，第二枪无可挽回地刺穿了他的胸膛，比第一枪更猛烈。他试图控制平衡，却失败了。他的身体向前倒去，闭上眼开始哭泣，由于痛苦和沮丧，他开始流泪，分不清流进嘴里的是咸咸的泪水还是头发上滴下来的海水。随着疼痛像发热的钻头钻进皮肤，他在心里一遍一遍地哭喊：

"哦，父亲，我的父亲，我的父亲……"

他在向已经去世的父亲祈祷，无言地祈祷他保佑自己，让别墅阳台上的什么人发现他，用机关枪向他开火，结束他的生命。但父亲没有听到他的祈祷，他一直哭泣着，直到痛感消失，这次消失得慢了一些，好像留恋警长的身体似的。

他全身僵硬，过了很久手脚才能活动。他的四肢好像不受大脑支配了。眼睛是睁着的还是闭着的？是天色暗了还是视线模糊？

他屈服了，他只能接受这一切。他真是愚蠢至极才会独自前来。肯定有什么地方做错了，而现在他必须为自己的鲁莽付出代价。他只能利用疼痛再次攻击之间的间隙向后滑进海里，绕过石头慢慢地游向岸边。没有必要再往前走了，他只能后退。他只需要后退到海里，绕着浮标游动，然后……

为什么他想到的是浮标而不是石头呢？他想起了电视上看到的那个场景，那艘帆船傲慢地拒绝绕过浮标掉头，固执地往前开，最终撞上了拖船。他发觉，现在这个情况，他无从选择，没法回头。

他在原处一动不动地待了半个小时，就那样靠着石头，感受身体的变化，等着下一轮攻击的轻微响声。什么都没发生，但他不能再等了。他滑进栅栏里侧一边的海水中，由于栅栏的阻隔，内侧的海水非常平静，浪花很小，于是他又开始蛙泳了。往岸边游的过程中，他发现自己进到了一个由水泥筑成的沟渠里，沟渠至少有二十英尺宽。他还是踩不到底，不过在右侧看到了白沙，到头部那么高。他手扶着水泥边，翻了过去。

往前望去，蒙塔巴诺惊讶地发现水渠在海滩处并没有停止，而是一分为二向前延伸，形成了一个天然的洞穴，在小海湾前经过或从悬崖上往下看根本不会发现这个洞穴。一个洞穴！洞穴入口几码的地方，在右侧又有一个直插进石头里的阶梯，就像他刚才沿着下来的那个阶梯一样，不过这个阶梯入口有一道门拦着。他蹲下身子，靠近洞穴的入口，听里面的动静。除了绕着洞穴流动的水声，什么声音都没有。他猛然伏在地上，取下手电筒，闪了一下马上关掉。凭着这一闪，他把所有能看到的东西都记在了脑子里，接着又闪一闪手电筒，发现了一些更重要的细节。闪了第三次后，他就明白洞穴内部的结构了。

沟渠中间是一艘大艇，可能是卓达牌的，这种艇马力很足。水渠右侧是一个约一码宽的石头码头，码头中间有一个关着的大铁门。这或许是这艘艇的泊地，更重要的是，可能有一个内部阶梯通往别墅，也可能是电梯，这很难说。显然，洞穴很深，但那艘艇挡住了洞穴深处的所有东西。

现在怎么办？就此打住吗？还是继续往前？

在这儿什么都看不到，蒙塔巴诺对自己说。

他站起来，没开手电筒，走进了洞穴。踩着脚下的水泥码头，他一点点往前蹭。他的右手抓到了生锈的铁门。他把耳朵贴过去，什么声音都没有。他把手放在门上，试着拉拉门，几乎拉不动。他又轻轻地往里推了推，推开了约一码的缝隙。门链肯定上足了油。可是万一有人听到了动静，端着卡拉什尼科夫冲锋枪在门里等着呢？那可太糟糕了。他抓起手枪，打开手电筒。没人开枪，连人声都听不到。他现在进到了泊地，里面满是油桶。库房后面是一个嵌在石头里的拱门，再走几步就是通往别墅的阶梯，跟他想象的一样。他关掉手电筒，走进去，关掉拱门，又往前蹭了三步，打开手电筒看了看。码头再往前延伸几码，就没有了，前面是一个看起来像是洞穴瞭望台的地方，大堆石头堆得很高很乱，成了一座小山，就要挨到洞穴的顶了。他马上关掉了手电筒。

可这儿为什么有这些石头呢？奇怪。他试图了解自己为什么觉得这些石头奇怪。在黑暗中，一片寂静，蒙塔巴诺突然听到了什么声音，让他浑身的血液都冰冷了。洞穴里还有什么活物。声音窸窸窣窣地持续着，像是木头剐蹭的声音。他发现自己呼吸的空气中有一种恶臭的黄色。脑中警铃大作，他一闪一闪地闪动手电筒。借着这闪光，他看到长满绿色苔藓的石头直漫过水面，水面上的石头变了颜色，因为有成百只，甚至是上千只各种颜色、各种大小的螃蟹在移动，密密麻麻，一只爬过另一只，直到聚成一球，掉入水中。真是令人作呕的奇观。

蒙塔巴诺还发现，洞穴后面和前面被一道高出海面一英尺半的铁栅栏分隔开来，从码头边缘一直延伸到对面的石头那里。这是用来干什么的呢？防止鱼游进来吗？他怎么会有这么可笑的猜想？或许，相反，是为了防止什么东西出去吗？可是如果洞穴里只有石头和螃蟹，这个栅栏要防止什么东西出去呢？

突然，他想通了。帕斯夸诺医生怎么说的？那是被螃蟹吃掉的尸体，他还在螃蟹喉咙里发现了两块骨头……这里就是刚愎自用的埃雷拉·德鲁尼奥被淹死的地方。巴达尔·加夫萨杀死他之后，把尸体浸泡在海水中很长时间，就是在这里，还用金属绳把他的手脚捆住，让螃蟹把他的肉体都啃食干净。又是一件向朋友们炫耀的猎物，同时警告任何想要背叛的人。最后，他把尸体丢进大海，尸体漂啊漂啊，就漂到了马里内拉海岸边。

这儿还有什么东西能观察呢？他原路返回，出了洞穴，返回海水中，游了一段，翻过栅栏，绕过石头，突然感到了持续不断的致命无力感。这次他感到很恐慌。他甚至没有力气举起胳膊继续往前游。他的力气耗尽了。显然，唯一能让他继续往前游的就是紧张感。现在他已经竭尽所能，体内没有一丝力气。他翻身仰躺，开始漂浮。这是他唯一能做的。海水最终会带着他漂到岸上。突然，他醒了过来，感觉背部被什么东西刮到了。他眯着了吗？这可能吗？在海上，在这种情况下，他还能像在浴缸里一样眯一觉？无论如何，他发现自己已经在海岸上了，但站不起来，他的腿支撑不起身体。他趴在沙滩上，看看四周。海水对他很仁慈，把他送到了这里。他现在离刚才扔下望远镜的地方很近。他不能把望远镜丢在那儿。可是怎么过去呢？他试了两三次都站不起来便放弃了，像动物一样手脚并用地爬过去。每挪一点就得停下来，喘口气，浑身是汗。当他爬到望远镜那里时，却抓不住。胳膊够不到，不听使唤，像是一堆颤颤巍巍的肉。他放弃了，他只能等着。可是没有多少时间了。天亮的时候，别墅里就会有人发现他。

只休息五分钟，他对自己说，便闭上眼睛蜷缩起身子，像个婴儿一样，就差把手指放进嘴里嘬了。现在他想小睡几分钟，恢复一下体力。不管怎么说，以他现在的情况，是无论如何都爬不上那座恐怖的阶梯了。可闭上眼睛没多久，他就听到了什么声音，很近，接着一束强光直直地射向他的眼皮，眼睛好像要被晃瞎了。

他们发现他了！他知道自己要完蛋了。但是他已经筋疲力尽了，他放松地闭着眼，没做任何反应，一动不动，好像对将要发生的事情丝毫不感兴趣。

"开枪打死我，然后赶紧滚，"他说。

"为什么让我开枪打死你？"是法齐奥的声音，他压着嗓子。

※

上阶梯的时候，虽然法齐奥一只手撑着他的后背往上推，蒙塔巴诺还是几乎每走一步就要休息一下。只有五级台阶了，但他得坐下来休息一下。他的心已经提到嗓子眼了，好像马上就要从嘴里跳出来。法齐奥也坐了下来，一言不发。蒙塔巴诺看不清他的脸，但能感觉到他的激愤和怒气。

"你跟着我多久了？"

"从昨天晚上就跟着。英格丽女士送你回家后，我没有马上离开。我决定等一会儿。我有一种感觉，你会再出门的。我猜对了。我没费力就跟着你到了斯皮高内拉，接着就跟丢了。我现在已经对这片区域很熟了，可还是找了将近一个小时才找到你的车。"

蒙塔巴诺向下看了看。大海随着海风而向上涨，马上就到黎明了。如果不是法齐奥，他现在肯定还半昏半醒地躺在沙滩上。是法齐奥帮他捡起了那可恶的望远镜，扶着他，把他半扛在肩上，带着他往前走。换句话说，法齐奥救了他。

蒙塔巴诺深吸了一口气，说道："谢谢你。"

法齐奥没有回答。

"但你记住，你从来没有跟我来过这儿，"他继续道。

法齐奥还是一言不发。

"你能保证吗？"

"可以。但你能向我保证吗？"

"保证什么？"

"保证你明天会去看医生。尽快。"

蒙塔巴诺勉为其难地答应了。

"我保证，"他边说边站起来。

他相信自己会信守承诺。不是因为担心自己的健康，而是他不能对一个守护他的天使失信。他开始继续爬阶梯。

※

　　他一路顺畅地在寂静的街道上向前行驶，法齐奥的车紧跟在他后面。他的卫士不相信他能自己轻松回家。渐渐地，天开始蒙蒙亮，蒙塔巴诺感觉好些了。新的一天看起来充满希望。法齐奥陪着他进了家门。

　　"天啊！你家被抢劫了！"法齐奥看到房间内一片狼藉便喊道。

　　"不，是我干的。我在找东西。"

　　"你找到了吗？"

　　"找到了。"

　　"还好你找到了，不然你会把墙拆了的。"

　　"法齐奥，现在已经快五点了。十点以后我们在办公室见面，可以吗？"

　　"好的，警长，休息一下。"

　　"见面的时候把奥杰洛也叫上。"

※

　　法齐奥离开后，蒙塔巴诺用大写字母给阿德莉娜留了一张字条：

　　　　阿德莉娜，不要惊慌。房间不是被抢劫了。烦请整理，
　　　　但请不要打扰到我睡觉。再给我弄点吃的。

　　他打开家门，用图钉把纸条钉在门上，这样阿德莉娜进屋前就能看到字条了。他拔掉电话线，进浴室洗了个澡，擦干身体就

倒在了床上。可怕的虚弱感奇迹般地溜走了。事实上，他有点累，不过这再正常不过了，毕竟现在已经凌晨了，没必要否认。他一只手放在胸口，像是在检查晚上的那两枪有没有留下什么痕迹，什么伤口。什么都没有，没有裂开的伤口，也没有愈合的伤口。进入梦乡前，他想了想，满怀着对守护天使的敬意：真的有必要去看医生吗？不，他断定。他真的感觉没必要。

18

十一点的时候，蒙塔巴诺衣装整齐地出现在了办公室。虽然不是面带笑容，但至少情绪还好。几个小时的睡眠让他恢复了活力。他能感觉身体里的各个零件都高效运转着。昨夜胸口挨的那两枪和随之而来的虚弱已经无迹可寻。进门时，他差点撞到正从里面出来的法齐奥，一看到他，法齐奥便停住脚步上上下下地打量他。蒙塔巴诺就站在那里随他打量。

"您今早看起来不错，"他得出了结论。

"我换了张皮，"蒙塔巴诺回答。

"不，警长您像猫一样有九条命。我出去马上就回来。"

蒙塔巴诺进门，站在坎塔雷拉面前。

"你觉得我看起来如何？"

"您想让我怎么说呢，警长？像上帝一样！"

真的被人这样夸奖时，个人崇拜好像也不是坏事。

米米·奥杰洛看起来也休息的不错。

"昨晚贝巴没有打扰你睡觉吗？"

"是的，我们都睡得很好。事实上，她今天不想让我来上班的。"

"为什么？"

"她想让我带她出门走走，因为今天天气很好。可怜的贝巴，最近都没出过门。"

"我回来了，"是法齐奥。

"关上门，我们就可以开始了。"

※

"我会大概总结一下，"蒙塔巴诺开口道，"虽然你们已经知道了一些细节。如果有什么地方听不懂，提出来。"

他不间断地说了半个小时，叙述英格丽是怎样认出了德鲁尼奥，他调查的另一宗非洲小男孩的案子怎么渐渐地和这宗被淹死的无名男子的案子发生交集。接着，他叙述了丰索·萨拉多跟他说的事情。正要说到马尔兹拉吓得屁滚尿流，交代贾米尔·杰尔吉斯和另一个男人在别墅时，他停下来问道：

"有什么问题吗？"

"有，"奥杰洛说，"但要请法齐奥出去，慢慢数到十，再回来。"

法齐奥看都没看奥杰洛，就站起身，出去，关上了门。

"我的问题是，"奥杰洛说，"你什么时候才能不像个流氓一样做事？"

"哪方面？"

"各个方面，我的天！你以为你是谁，暗夜复仇者？独狼？你他妈的是警长！你忘了？你真给警察丢脸，规章你根本不遵守，打破原则的头一个就是你！你出去执行危险任务，不带警员，却带着一个瑞典女人！你本应该把事情上报，最起码让我们知道啊。你倒好，自己去当什么赏金猎人！"

"所以你就因为这个困惑不解？"

"怎么了，不够吗？"

"不，不是，米米，我还干了更糟糕的事情。"

米米惊得下巴差点掉下来："什么？"

"十，"法齐奥数完推门进来了。

"我们继续，"蒙塔巴诺说。"英格丽截住马尔兹拉的车时，他以为我们是他的老板，要跟他算账，或许是因为他知道得太多了。他尿了裤子，求我别杀他。他无意当中说漏了老板的名字：唐·佩普·阿古利亚。"

"那个建筑商？"奥杰洛问道。

"就是他，没错，"法齐奥确认道。"城里有流言说他放高利贷。"

"我们会尽快开始监视他，明天就开始。但应该有人从现在就开始监视他。我不想让他溜掉。"

"交给我就行，"法齐奥说。"我会把这件事交给库雷里。他很擅长。"

现在到最难讲的部分了，但他必须说出来。

"英格丽把我送回家后，我决定返回斯皮高内拉去别墅探个究竟。"

"你自己去的，我猜到了，"米米扭扭身子，讽刺道。

"我自己去，又自己回来。"

这下轮到法齐奥扭身子了。但他什么都没说。

"奥杰洛警长让你出去是因为他不希望你听见他叫我流氓。"蒙塔巴诺看向法齐奥，对他说，"你也想这么叫我吗？你可以附和一下。"

"我从来不敢这样的，警长。"

"好吧，如果你不想说出来，我允许你在心里这么叫。"

法齐奥按照他的承诺，什么都没说，蒙塔巴诺感到些许安心，接着向他们形容了那个小海湾、洞穴、里面有内部阶梯的铁门。他还说到了那群吃掉了埃雷拉尸体的螃蟹。

"好了，事情就这么多，"蒙塔巴诺下了结论。"现在我们该想想如何行动了。如果我从马尔兹拉那里获得的信息没错，今晚会有更多非法移民登岸。而且既然杰尔吉斯费尽辛苦大老远来了这儿，说明他有新货了。新货到的时候，我们必须在场。"

"好的，"米米说。"不过，虽然你对别墅了如指掌，但我们却对那边一无所知。"

"看看我从海上拍的录像吧。在托雷斯的录像机里。"

"这不够。我要自己去别墅看看，我想亲自看看，"米米下了决定。

"我不赞成，"法齐奥插了一句。

"如果他们发现了你，起了疑心，事情就砸了，"蒙塔巴诺也附和道。

"你们都淡定点。我会和贝巴一起去，她想呼吸一下海上的新鲜空气。我们会在岸边漫步很久，看看要观察的东西。我不认为他们看到一个男人和一个孕妇在沙滩上散步就会起疑心。我们最迟五点在这里见面。"

"好吧，"蒙塔巴诺说道，接着看着法齐奥，"法齐奥，我要行动组提前待命。只要胆大精干的，加洛、加鲁佐、伊姆伯、戈尔曼、格拉索。你和奥杰洛带队。"

"为什么，你不加入吗？"奥杰洛有些吃惊。

"我会去的，不过我在下面看着，在小海湾里，以防有人想逃跑。"

"好，奥杰洛指挥行动组，我跟你一起去，"法齐奥冷冷说道。

米米被他的语调惊到了，看看他。

"不，"蒙塔巴诺说。

"是这样，警长，我……"

"不，这不是私事，法齐奥。"

听到这句话，米米转头看向蒙塔巴诺，他本来盯着法齐奥，现在转头看向蒙塔巴诺。这看起来就像昆汀·塔伦蒂诺的电影，不过他们掉转的是目光，而不是枪口。

"是，警长，"法齐奥最终妥协了。

为缓和紧张气氛，米米·奥杰洛问了一句："我们怎么确认今晚是否真的有移民来呢？会有人来告诉我们吗？"

"你可以去找理古乔副局长，"法齐奥向蒙塔巴诺建议道。"如果有移民，他们在下午六点就会收到确切的消息。"

"不，我已经问了理古乔太多事情了。他真的很敏锐，可能会起疑心。不，我想我知道另一个方式。港务局。只要有渔船和巡逻船来，他们就会得到消息，并告知局长办公室。没人知道非法移民入境的消息时，港务局是一定知道的。你在港务局有认识的人吗？"蒙塔巴诺问法齐奥。

"没有，警长。"

"我有，"米米说道。"直到去年我还和一个中尉有联系，她现在还在港务局。"

"很好。你什么时候去跟那个男的打招呼？"

"她是女的，"米米纠正了他，"但别想歪了，我追过她，不过什么都没发生。我们保持着朋友关系。我一从斯皮高内拉回来，把贝巴送回家就去跟她说。"

"那我们怎么处理马尔兹拉呢，警长？"

"斯皮高内拉的事情结束后，我们就把他和阿古利亚一块儿办了。"

※

蒙塔巴诺打开冰箱，吃了一惊——阿德莉娜按照他的指示整理了房间，却留下了一只白煮鸡给他吃。这是什么玩意儿？这是给病人吃的！给要死的人吃的！他有点怀疑，是不是法齐奥跟阿德莉娜说他身体不太舒服，需要吃点清淡的。可是他是怎么告诉阿德莉娜的？电话线已经被自己拆了。用的是信鸽吗？不，这肯定是阿德莉娜在报复他，报复他留满屋子的狼藉让她收拾。煮咖啡时，蒙塔巴诺发现厨房桌子上留了一张字条。

"您得自己收拾床，因为我收拾屋子时您在床上睡觉。"

他坐在阳台上，就着整罐咸菜才勉强吞下了白煮鸡。他刚吃完，电话就响了。显然阿德莉娜把电话线接上了。是利维娅。

"萨尔沃，你终于接了！我担心死了！我昨晚打了至少十通电话，直到半夜。你去哪儿了？"

"对不起。我们在执行监视任务而且……"

"我有好消息告诉你。"

"哦？什么好消息？"

"我明天去找你。"

"真的吗？"

"真的。我做完工作了，我求了半天，他们给我批了三天假。"
蒙塔巴诺感到无比开心。

"所以，你不想说什么吗？"利维娅问。

"你什么时候到？"

"中午。到巴勒莫机场。"

"我亲自去接你，或者派人去接你。我太……"

"萨尔沃。让你说句话就这么难吗？"

"不是。我太高兴了。"

蒙塔巴诺突然想小睡一会儿，但躺下之前他必须整理一下卧室，否则他没法合眼。

※

六点过了好久，米米才回来，法齐奥也跟着进了蒙塔巴诺的办公室。

"你超时了，我必须要说。"蒙塔巴诺责备道。

"但我带回来些好东西。"

"比如？"

"首先，是这些。"

米米从口袋里掏出了十多张拍立得照片。每一张上都是微笑着的孕妇贝巴站在镜头前，背景是斯皮高内拉的那栋别墅，各个角度都有。其中两三张里，贝巴就斜倚在入口大门的铁栏杆上，大门由铁链锁着。

"可是你告诉贝巴了吗？你去那儿是干什么，别墅里住着什么人。"

"没有。有必要告诉她吗？这样她会更自然。"

"所以你没看见任何人？"

"或许他们在别墅里监视我们，但我们从别墅外的确没看到任何人。他们想让别人觉得没人住。看到这把锁了吗？这只是挂给别人看的，因为很容易就能从铁栅栏中间伸手进去，然后从里面打开大门。"

他又挑了一张照片，递给蒙塔巴诺。

"这是别墅的右侧。外面有一架梯子通向二楼，下面那个大门里面肯定是车库。英格丽说过车库和整幢房子是连着的吗？"

"不连着，车库是独立空间，只有一个入口，没有其他门。但是，一楼和二楼之间有一个阶梯，不过英格丽从来没有真正看到过，因为唯一能通过这个阶梯的那扇门，德鲁尼奥说他没有钥匙、打不开。而且我确信一层肯定有通向地下洞穴的阶梯。"

他瞥了一眼照片，那个车库看起来能放两辆车。

"车库里现在肯定停着一辆车。就是撞死小男孩的那一辆。也就是说，我们抓到这些人之后，我想让司法鉴定处检查一下车子。我赌上全部家当，车子上肯定能找到小男孩的血迹。"

"你觉得小男孩为什么要被撞死？"法齐奥问道。

"很简单。那个小男孩发现——我不确定他怎么发现的——自己陷入了困境。所以他一下船就想逃走。是我的错，他第一次才失败了。他们把他带到了斯皮高内拉，他肯定发现了通往洞穴的阶梯。我确定他是从那儿逃跑的。有人发现了他，按动警铃。所以杰尔吉斯开上车，一路找到了他。"

"可是这个杰尔吉斯昨天才到这儿！"奥杰洛说道。

"照我看，他应该经常往返两地。有新货到时，他经常回来收钱。就像这次一样。老板把具体运营都交给他管。"

"我想说说非法移民到港的事情，"米米说。

"请说，"蒙塔巴诺回道。

想到杰尔吉斯尽在自己掌握，蒙塔巴诺就禁不住得意起来。

"我的女性朋友跟我说，这次是真的事态紧急。我们的海上巡逻舰拦截到了四艘超载、破旧的船，分别开往斯嘉格朗德、卡波比安诺、蔓菲亚和菲拉。这种船能不能靠岸只能看运气。在这种情况下，让它改变航向或者把难民转移到其他船上是不可能的。我们的人只能等在近处，如果有船翻了，就去救下难民。"

"我明白了，"蒙塔巴诺沉思后说道。

"你明白了什么？"米米问道。

"这四艘船是圈套。斯嘉格朗德和卡波比安诺是在维加塔到斯皮高内拉区域的西边，蔓菲亚和菲拉是在东边。所有的人员都困于这一区域忙于救援。这样一来，维加塔到斯皮高内拉以外的海域就会无人监管，海岸也是如此。任何渔船都能通过这片无人监管的通道轻松到达咱们这儿的海岸，而且无人察觉。"

"所以呢？"

"所以，我亲爱的米米，这意味着，杰尔吉斯要去海上收取货物了，开着他的救生艇。我记不清我有没有跟你们说过，别墅里有双向无线电设备。通过这个设备，他们可以随时保持联系，改变接头地点。你那个中尉……"

"不是我那个中尉。"

"她有没有告诉你，他们预计什么时候抵达岸边？"

"大概午夜。"

"那你就要带着行动组的其他人，最晚十点赶到斯皮高内拉做好准备。接下来说说我们的行动计划。小海湾入口的石头上有两盏信号灯。救生艇出海的时候会亮着，回来的时候也是。我猜信号灯和移动栅栏是由另外一个人操作的，也就是别墅的保安。你们先不要采取行动，也就是说，直到救生艇返回，我再重复一遍，直到救生艇返回，保安按开入口的灯之后，才能把他干掉。接下来行动一定要快。一旦杰尔吉斯和他的助手回到别墅，你们就要出其不意抓住他们。但是要小心：肯定会有孩子跟他们在一起，他们会拿一切当人质。现在你们协调一下行动方案。我出去一下。祝你们好运，希望孩子们安然无恙。"

"你要去哪儿？"奥杰洛问道。

"回家几分钟，接着就去斯皮高内拉。但让我重复一遍：你们要独自行动，我也是独自行动。"

接着他离开了办公室。经过坎塔雷拉的座位时，他问道：

"坎塔，你能不能去看看托雷塔有没有铁丝钳和长筒靴？"

"他有的。铁丝钳和长筒靴。"

※

到家后，蒙塔巴诺换上一件黑色高领毛衣，一条黑色灯芯绒长裤，把裤脚塞进长筒靴里，戴上一顶满是绒球的黑色羊毛帽。只要嘴里再叼一根烟斗，就完全是美国三流电影里常见的老水手形象了。他走到镜子前看了一眼，被自己的样子逗笑了。

嘿，老水手！

他到斯皮高内拉那所红白相间的别墅是十点，但他没有拐上通往平房的那条路，他走了第一次和法齐奥一起走的那条路。到最后一段路时，蒙塔巴诺关了车灯。天色很阴暗，他连一步以外的东西都看不清。他下了车，看看四周。往右走大概一百多码外的地方，别墅一片漆黑。看不到行动组的踪迹。或许他们还没有到，或许已经到了，但完美地隐在夜色当中。蒙塔巴诺口袋里揣着枪，手里拿着铁钳，沿着悬崖边一直走到之前他找到阶梯的地方。这次下阶梯没有那么难了，或许是因为这个阶梯并没有那么陡峭，又或许是因为他确切地知道自己人就在附近。

下到一半时，他听到了发动机轰鸣声。他马上明白这是救生艇的声音，它要出海了。因为四周一片寂静，发动机的回声在洞穴里显得更加大声。蒙塔巴诺一动不动。小海湾前面的海水突然变成了红色。因为被前面的高石挡着，蒙塔巴诺从他站的地方根本看不到信号灯亮。但海水变红只能是因为信号灯亮了。他清楚地看到救生艇从那片红色海域里开过去，但不知道船上究竟有多少人。接着，红色消失了，马达声渐渐走远，减弱到像苍蝇的嗡嗡声一样，持续了很久才消失。一切都如他预料的一样。为了继续潜伏，他必须压制住自己想要高歌一曲的冲动。目前为止，他的一切部署都是正确的。

然而，他的成就感没有维持多久。穿着长靴在干燥的沙滩上走很困难。再多走十步，他的背就受不了了；而且，再往海边靠近些，岸上的沙子就会变得潮湿而紧实，会变得更加危险，他穿着靴子通过这片开阔区域要花费更长的时间。他坐在地上，试图脱下第一只靴子。可是靴子只是从大腿往下滑了一点，却卡在了膝盖处。他站起来，试图站立着脱掉靴子，却更加糟糕。他浑身大汗，开始骂骂咧咧。终于，他把鞋跟卡在从墙壁突出的两块石头之间，脱掉了靴子。他赤着脚继续往前走，一手拿着铁钳，一手提着那双巨大的靴子。在黑暗中，他没看见前面杂草丛中长满荆棘，踩了上去。至少有一百根刺刺进了他的脚底。他有些灰心，不得不面对事实：他已经不再适合执行这种任务了。当他走到水渠边，坐在地上，重新穿上了靴子，鞋底的橡胶摩擦着刺进脚底的刺，痛得他浑身是汗，毛衣都湿透了。

他轻轻踩进水中，很高兴地发现自己猜对了：水漫到大腿中部，离靴子边还有一英寸的距离。现在立在他面前的是形成小海湾的第一排矮石，小海湾几乎漫到了石头最高处。他把铁钳挂在腰带上，摸索着石头表面，发现两处凸起来可以攀援的地方。他两手抓着，借着臂力向上爬。靴子胶底和石头的摩擦力让攀爬容易了些。他只滑了一次，不过单手抓住了石头。他像螃蟹一样钩住石头，终于到了铁栅栏处。他抓起铁钳，从右下方开始剪第一根铁栅栏。一声清脆的金属被剪开的声音在寂静中像一声枪响，至少在蒙塔巴诺听来声音很大。他停下来，完全不敢动哪怕一根手指。但什么都没发生。没有人大喊，也没有人跑过来。他一根一根地剪断铁栅栏，每剪断一根就谨慎地停一下。半个小时后，他成功地剪断了所有的铁栅栏，剪出了一个圆洞，铁栅栏反过来缠在了石头上。他只留下了最上面的两根铁栅栏没有剪断，一根在左边，一根在右边，悬在上面，看起来铁栅栏仿佛仍然完好无损。他会在适当的时间剪断这两根栅栏的，但现在，他必须离开。他把铁钳放在原处，双手紧扒着石头顶端，探出腿，找什么地方能下脚。他找到了，用脚趾抓着，然后放手。但他错了。下脚的地方很窄，承受不了他的重量。他顺着石头滑了下来，他试图用手扒住石头，避免继续下滑。他最灵活的时候就跟动画片里的傻大猫一样。但他的手没扒住，直直坠入了水渠中。可是为什么亚里士多德，呃，是阿基米德定律没起作用呢？阿基米德定律不是说，浸在液体里的物体受到向上的浮力作用，浮力的大小等于被该物体排开的液体的重量吗？不是吗？可是他却没有浮起来。浮起来的只有漫过头顶的水，又落回他的身上，浸湿了他的毛衣，继而欢快地流进裤腿和靴子之间的缝隙。最严重的是，他落下的水声在自己听起来像是鲸鱼跳进水中一样大声。他竖起了耳朵。还是什么都没发生。什么动静都没有，什么声音都没有。因为海浪声有些大，或许门卫以为是又一波更大的浪拍在了石头上。他爬上岸，躺在沙滩上。

现在怎么办？从一数到十亿吗？把会背的诗全都背一遍？回想鱼的一百种做法？开始琢磨该怎么向局长和检察官解释未获批

准便私自行动？突然，他觉得想打个喷嚏，他想止住，没止住，不过最后他用手捏住了鼻子，声音终归没发出来。他感觉两只靴子里都灌满了水。他现在最需要的是一个烘干机！最糟糕的是，他开始感到寒意。他站起来，开始贴着墙来回走。如果明天腰痛那就太糟糕了。走了一百多步后，他转身，走到水渠时，又转身往回走，来回走了十几次。冷？他现在出了很多汗，很热。他决定休息一下，于是坐在了地上。接着，又平躺下来。半小时后，困意来袭。蒙塔巴诺闭上眼睛，简短地眯一会儿就又睁开，他不知道过了多久，被一只大苍蝇的嗡嗡声吵醒了。

苍蝇？是救生艇回来了！他很快滚向水渠，滑进水渠站起来又马上弯下腰。嗡嗡声变成了隆隆声，救生艇越来越近，隆隆声变成了咆哮声。接着，咆哮声突然消失了。救生艇现在肯定是在靠惯性前行，通过水渠进入洞穴。

蒙塔巴诺确信自己马上就能看到想象的情境了，于是元气满满地爬上石头。他的头刚到铁栅栏的高度，就看到洞穴入口透出一大束亮光。他还听到两个男人愤怒地高喊，还有孩子的哭声和呜咽声。这场面刺痛着他的心，勾起了胃痛。他的手出了很多汗，微微颤抖，不是因为紧张，而是愤怒，他等着洞穴再次静下来。正当他要剪断最上方的两根铁栅栏时，亮光没了。这是个好兆头，意味着洞穴现在空无一人。蒙塔巴诺果断剪断那两根栅栏，手里抓着剪下的铁丝网，慢慢顺着石头滑下去，最后掉进水渠。

他从剪出的前后两个洞里钻过去，在黑暗中从石头上往下跳在沙滩上。这一跳跨越的高度有十多英寸，上帝保佑，他安全跳下来了。他感觉自己身轻如燕，像是年轻了十岁。他拿出手枪，拉开保险，接着走进了洞穴。四周一片漆黑，什么声音都没有。他沿着狭窄的码头一直往前走，摸到了铁门，还是半开着的。他走进停船的仓库，瞬间感觉他能看到东西了。他走到拱门那里，穿过去走到阶梯下，停了下来。为什么一切都这么安静呢？队员为什么还没有开始行动呢？他产生了一个想法：要是他们碰上了障碍，还没抵达呢？他开始出冷汗。他此刻站在黑暗中，手里拿着枪，看起来像个装扮成老水手的白痴！他们为什么还没动手？耶稣啊！这是什么玩笑吗？杰尔吉斯先生跟他的同伙要溜走了吗？就这样让他们溜走？上帝，不，就算他要一个人上到别墅，和他们大干一场，也不能让他们就这么溜走。

就在这时候，就在这一瞬间，他听到远处的一阵手枪声，有机关枪的突突声，还有听不清在喊什么的怒吼声。他该怎么做？在这儿等着，还是跑进房子，给他的队员们做后援？枪击声仍在继续，激烈而响亮，听着好像更近了些。突然，一道强烈的亮光闪过阶梯、仓库和洞穴。有人想从这儿逃跑。他清晰地听到沿着阶梯跑下来的慌乱脚步声。蒙塔巴诺一个激灵跳回拱门，藏在后面。刚过一秒钟，就见一个男人气喘吁吁地从拱门跳了过来，就好像从下水道钻出的老鼠一样。

"站住！警察！"蒙塔巴诺大叫一声，走上前去。

那个男人并没有停步，只是稍稍转过身，抬起左手，端着左手里的枪向后盲射。蒙塔巴诺感到左肩处受到重击，力道之大使他的整个上身往左边转动。不过他的腿脚还立在原地，像是生根了一样。当那个男人走到仓库门口时，蒙塔巴诺第一次开枪，直直地打中了他的胸口。那个男人停住了，甩甩手臂，扔掉了手枪，脸朝下向地上倒去。蒙塔巴诺慢慢地靠近他，他走不了太快，只用靴子的鞋尖一点点往前蹭。

贾米尔·杰尔吉斯似乎咧着没有牙的嘴在冲他笑。

有人曾问过他，当他杀人的时候，是否感到开心。他说不。这次杀死贾米尔，他也不开心。不过，他很满意。就是这个形容词：满意。

蒙塔巴诺慢慢跪倒。此刻他双腿无力，感到了浓浓的睡意。鲜血从肩处的伤口喷涌而出，浸湿了他的毛衣。伤口一定很大。

"警长！哦，天啊，警长！我去叫救护车！"

蒙塔巴诺紧闭双眼，不过他听出那是法齐奥的声音。

"先别叫救护车。你们这帮家伙怎么这么迟才开始动手？"

"我们在等他们把孩子们送进房间，那时我们根本没法动手。"

"有多少个孩子？"

"七个，看着该上幼儿园了。他们都挺好的。那三个人，其中一个被我们杀了，另一个投降了。你击毙了第三个。这就是所有的情况了。现在我能去叫人来帮忙了吗？"

※

蒙塔巴诺再次恢复意识的时候，发现自己坐在车里，加洛开着车。法齐奥在他身后双臂抱着他，以防车子沿着坑坑洼洼的道路行驶颠簸时伤到他。他们帮他脱了毛衣，在伤口处临时绑了绷带。他已经不觉得疼了，或许一会儿还会疼。他试着说话，却双唇干涩，什么都说不出来。

"利维娅……她……早晨……飞……巴勒莫机场。"

"您别担心了,"法齐奥说,"我们一个同事已经去接人了,您不用担心。"

"你们带我……去哪儿?"

"去蒙特鲁萨医院。这是最近的了。"

接下来的情况让法齐奥有些害怕。他听到什么声音从蒙塔巴诺口中传出来,不是咳嗽,也不是清嗓子。他在笑。这种情况下他还笑得出来?

"这很好笑吗?警长?"他很严肃地问道。

"我想骗……骗我的守护天使……不去看医生……可是……他……他却亲自……带我去医院。"

听到这个回答,法齐奥感到了真正的恐慌。警长现在明显精神错乱了。更吓人的是,蒙塔巴诺突然喊了一声:"停车!"

加洛猛地一踩刹车,车嗞的一声停住了。

"这儿……这儿是不是……有个岔路口?"

"是的,警长。"

"走去特里卡塞的那一条。"

"可是,警长……"法齐奥打断了他。

"我说去特里卡塞的那一条。"

加洛缓缓启动引擎,往右转,走上了去特里卡塞的那条路。没多久,蒙塔巴诺又命令他停下来。

"带上手电筒。"

加洛拿上手电筒，蒙塔巴诺身子探出车窗。小石堆已经不在那儿了。人们把石头拿去铺路了。

　　"这样更好。"

　　突然，他的伤口开始剧烈疼痛。

　　"我们去医院吧，"他说道。

　　他们开走了。

　　"哦，法齐奥，还有件事……"蒙塔巴诺费力地继续说道，他极度干涩的双唇传出沙哑的声音，"别忘了……别忘了……去告诉本丢·彼拉多……他在里贾纳酒店。"

　　我的天！他怎么又说成本丢·彼拉多了！法齐奥像附和精神病人一样说着："我们当然会告诉他的，警长，一定会的。别再说话了。我会亲自去的，马上。"

　　此刻说话或解释都嫌费力了。蒙塔巴诺放弃了，陷入半昏迷状态。法齐奥被蒙塔巴诺嘱咐他的胡话吓出了一身冷汗，微微向前倾身，对加洛低声说道：

　　"快点，天啊，加大油门！你没发现警长现在已经脑子不正常了吗？"